嗑瓜聲，飛過我們家

保溫冰 著

評審的話

宋如珊

〈嗑瓜聲，飛過我們家〉以社會底層單親家庭的父子親情為主題，除了慶吉與二子間的互動外，亦以郵差杰定與父親的關係作為映襯，而標題「嗑瓜聲」最終揭示來自慶吉對幼子唇顎裂的愧疚心理，這部小說雖高潮不顯，但以多線人物鋪寫慶吉一家的生活與人際關係，頗有鄉土文學的樸實寫真風格。

林文寶

以嗑瓜聲當作題目，相當罕見特別，嗑瓜聲的意象也能貫穿整篇小說，表現可圈。這一篇生活小說，主要描述單親家庭的親情經營，然而女老師與父親之間的曖昧之情，和孩子之間的友情關係，也都是小說的賣點。情節當中，透漏出許多現實的無奈，拉扯讀者，引起同情共鳴，表現不俗。

作者擅長處理生活間的細瑣枝節，溫火慢燉出人與人之間溫情；整篇小說的精采，在於人之間的情感描繪，可見作者之用心經營。

林煥彰

親情、友情，永遠是人世間最珍貴、不可或缺的無價之寶。

一個低收入、貧窮單親家庭，獨身男子要帶著兩個男孩；一個十歲、一個還不到五歲；白天把自己關在自家旁邊一間獨立鐵皮屋替朋友代工，釘製彈珠檯，晚上還得在夜市擺攤，和朋友輪流看顧彈珠檯和套圈圈，過著令人為之鼻酸的生活。

這個故事，反映台灣當下可能存在的不少底層社會的家庭困境。作為青少年小說，其中一位國三女生異常的偏差行為，所浮現的青少年管教問題，更值得社會大眾警惕！

「嗑瓜聲，飛過我們家」為這件作品的主題意涵，作了相當好的寓意，值得玩味。

陳木城

單親的慶吉帶著兩個孩子，住在一個地圖沒有畫的村外，一條碎石路上，自己搭建的鐵皮屋。屋裡沒有電視，沒有隔間，沒有媽媽。媽媽生下兔唇的弟弟以後走了，大人都不准提起媽媽這件事。他們很窮，是一家低收入戶，但是爸爸絕口不提申請低受入戶補助。他們的朋友都是小人物，一個約聘郵差杰定，一個擺地攤的易勝叔叔，一個托兒所的春惠老師，算是對他們家最友善的貴人了。

作者很樸實、誠懇的寫出社會上的一個小角落，一群小人物之間的生活，一些平平淡淡的是是非非，一些小小的哀愁和歡樂，一些實實在在小故事，卑微細瑣中淡淡的人間情味。

陳愛麗

這是一篇看似平淡無奇，劇情不見高潮的作品。細讀之後，才會發現整篇的文字敘述與情節發展幾乎都是從小孩的視角出發的。作者試著營造一個童真的世界。有些比喻用得貼切，比較難得的是還貼近孩童的話語，而文中有些橋段亦頗富童趣。

鄭穎

貧窘且三餐無以為繼的生活、想望而不可及的就學機會、就將隨風而去的鐵皮屋……，作者將無數生活瑣事，串連成有機的指向，不急不徐地將壓抑的父親感情娓娓盤述。那些鋪陳在真實人生的情節，看似平凡，卻讓人動容，許多現代主義似的話語串連其中，巧妙顯出文筆用心，深刻雋永成經典，是難得少見的平實力作！

CONTENTS

目次

01 喀喀作響的家

路邊有棵榕樹，懶懶曬著午後的陽光，涼爽微風徐徐穿梭枝葉，沙沙作響。

仔細一看，一片小葉子，不安分地隨飛搖曳，好像躍躍欲試要跟著風一起去旅行似的。果然，不一會兒，小葉子輕輕「啪」了只有他自己聽得到的一聲，告別大樹，徐緩地隨風飄蕩，這也才發覺，離開樹，不能飛更高，而是往下墜，不知是不是風替他選定了目標，當一台摩托車喘呼呼駛過，小葉子輕輕降落郵差先生的郵包上。

離開了綠，又回到了綠。

杰定使勁按住煞車，停定山坡轉角，雜草後面就是山崖，好險沒往下撞去。

他左探右望，一邊柏油路，一邊碎石路，再看看信封所示——

「二十一號？」他喃喃自語，抬手拭去烈日送來的汗水。

這村落的坡道，路不好找，也不好騎，崎嶇陡峭，煞車沒按牢就要咻咻衝落。

下午三點之前他就要把這郊區的信件全部送完，再趕赴其他地方、拜會別的信箱。杰定來到這個小鎮，也沒很久，路上尚無熟人好打招呼，所以把鎮上的路摸透，是迫切的職責，上回送信到幼稚園，繞過這轉角，絲毫沒注意到旁邊還有一條碎石路。這下他知道了。

一條地圖上沒畫的路，大概是被郵差們給走出來的。

正當杰定不以為碎石路方向有任何住家，而打算調頭往另一邊去的時候，「喀！」一聲自碎石路方向傳來，將他的動作打斷。

他正感狐疑，「喀！喀！」接連兩聲再將他喚醒，聽起來像釘槍之類工具，規律地在進行什麼工作，杰定不由得下了車，往裡面走去，想一探究竟，至少他確定那裡有人住，走過去，不會掉下山谷。

當舊陋的房舍映入眼簾，杰定第一個反應是找門牌。一横一豎磚頭瓦片釘成的房子，讓他想起小時候背著大人到鄰里口中鬼屋探險的時光，如果真有門牌，也該是生鏽垂落，咭咯咭咯隨風晃著吧。

那喀喀工具聲嘎然又停了，讓他心裡挺毛的。

在他打消念頭想回頭時，竟發現牆邊有顆小孩的頭，露出一半來，像在躲什麼。好奇的杰定正要湊近看，沒想到小孩子「哇！」一聲蹦出，跳到他面前。

「抓到了！」是一個大約五歲的小男孩。

「抓到什麼？」杰定打趣地說。

「哥哥……」小男孩轉頭看別處，倒也沒問郵差先生來意。

「弟弟，這裡是幾號？」杰定看著男孩嘴上的兔唇，心中偷偷惋惜著。

「唔……」小男孩瞪大眼睛看著他，沒聽懂。

「弟弟，這裡是惠通路幾號？」杰定指指門柱，「你家有門牌嗎？」

小男孩搖搖頭。

「弟弟，你爸爸叫什麼名字？」

「……」

「那——」杰定換個方式問，「弟弟，你姓徐嗎？」

「我叫徐庭凱。」小男孩愣愣點了頭。

杰定這也才綻開了微笑：「弟弟，把信交給你爸爸喔！」

正要將信遞給小男孩當兒，沒想到，另一隻手一把將信搶走：「這是我的！」

杰定朝搶走信的身影望去，發現那是個更大的男孩子，大約十歲吧，應該就是小男孩口中的哥哥。

「還我啦！」

眼看小男孩朝他哥哥追去，杰定笑，想著，小孩子的喧鬧聲就是這樣，撞在一起、又分開，忽遠忽近，像兩顆忙碌的陀螺。兩兄弟都不胖，瘦瘦的，從他們彷彿風一吹就要順勢滑下山的破陋屋子來看，似乎不難推想，何以吃不胖。

「喀！」一聲，一旁鐵皮屋內傳來男人的聲音，「吵什麼吵！柏翰，你功課做完了沒？等一下檢查沒寫你皮就給我繃緊一點！」

這下子，兩顆陀螺瞬間噤了聲，悄悄往房子移動。

「都是你啦！」大男孩壓低聲音罵他弟弟，小男孩則緊跟在後，伸長手不放棄搶取那封信。

杰定的笑容在兄弟倆進入屋內後逐漸消失，他無端牽掛起他們過著什麼樣的生活。喀喀聲斷斷續續從鐵皮屋裡傳來，他還是猜不透什麼工具會發出這種聲音。

他也不知道，製造出這種聲音的男人，會是什麼樣的爸爸。

柏翰將簿子翻開，探頭望了門外一眼，發現郵差先生已不在原地。

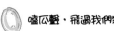

「喂，郵差叔叔剛剛跟你說什麼？」

「沒有啊！」庭凱伸手想抓他的作業簿。

「騙人！」柏翰用力將簿子扯回：「他剛剛明明就在跟你講話！」

庭凱爬上椅子，恍若未聞：「哥哥，我也要寫作業。」他拿起鉛筆，作勢要朝簿子畫。

「你寫啊！」柏翰看著他手上的筆，「你敢畫我就叫爸爸打你。」

庭凱看看簿子、看看哥哥，改口。

「哥哥，教我寫爸爸的名字好不好？」

柏翰一把將筆搶走：「你不會寫的啦，你又不聰明！」

「為什麼？」

「因為你嘴巴長這樣，所以你跟龜兔賽跑的兔子一樣，笨笨的被烏龜追過！」

「是噢……」

柏翰看到弟弟的表情，心裡也不好受起來：「騙你的啦！」

「那你教我寫爸爸的名字。」庭凱把信拿過來，抓起筆，照著信上的字畫起來：「徐——」

「寫錯了啦，那是兩撇，不是一個叉叉啦！」

「慶——」庭凱顧自寫著，不理會哥哥的話。

「你在畫符喔，又不是這樣寫。」

「吉——」

慶吉用力推門，他倆動作也停了，柏翰趕忙將信一抓，藏到身後。

慶吉走向水壺，灌了一大口，才又注意到兩兄弟盯著他看，像準備打仗。

「看什麼！功課寫完沒？」

庭凱不知道自己為什麼要這樣緊張兮兮看著爸爸，他只是學哥哥這樣做。

柏翰責備地丟給庭凱一個眼神，埋頭寫起作業。庭凱不明就裡，跑去抱住爸爸的大腿。

「爸爸，我要瓜子。」庭凱伸手往慶吉口袋裡掏，掏出了兩顆。

「不能吃喔。」

庭凱思索著爸爸的話，再看看手上瓜子像兩顆眼睛瞪著他瞧。

「我要給哥哥。」

他拿去放在柏翰作業簿旁。

柏翰看一眼，啼笑皆非呵了一聲，以手指將其中一顆用力彈遠——

瓜子撞到牆壁反彈，噠噠彈跳在空落的屋內。

柏翰吞口水，看看爸爸。他沒聽到，顧自看著報紙，可是，柏翰隱隱又感覺，爸其實有聽到，只是懶得再罵他。

「庭凱，過來。」

柏翰心想完蛋了，該不會爸以為瓜子是庭凱丟的。

只見慶吉將庭凱褲子拉高：「褲子又鬆了，改天爸給你買件新的。」

呼，柏翰鬆口氣，把注意力移回作業簿。

「啪！」一聲，爸摑了弟弟一個耳光。

柏翰心裡一顫，回頭。

「怎麼最近蚊子那麼多。」

慶吉朝庭凱臉上簡單搓兩下，彌補剛剛搧了他的臉，然後又回到報紙世界裡。

庭凱摸摸自己紅熱的臉，望著窗外的石榴樹，他一直想問爸爸什麼時候才可以吃芭樂，這下子，又不是那麼想問了。

02 很多個角落

爸爸不准弟弟靠近鐵皮屋，所以弟整天纏著他問爸爸在幹嘛。應該這麼說，爸爸不准弟弟做很多事情，常常，弟弟跑太遠，爸就說什麼有毒蛇、小心山崖來嚇唬人，柏翰有一次將頭伸出鐵絲網朝下看，也不過一個山坡，滑下去也不會怎樣。爸說得這麼誇張，彷彿跟活在森林沒兩樣……偏偏，卡通裡的森林遠比這裡好玩多了。

一年前，有輛吊車在不遠處棄置一根粗大管柱，說這裡是公地，他們有權如此，之後再也沒拿走過。後來，管柱之所以進入「孤兒」身分，是管道內外雜草叢生，不再吸引兄弟倆爬進爬出才正式開始……。弟弟可以去的地方又更少了。

自從上次有人送來一箱水果，弟開始熱衷於從紙箱裡冒出一顆頭，伸手求援：「哥，我掉進井裡了！」有時候則從暗處衝出來狂叫嚇人。難不成他上學時，弟整天在家就忙想這些現身的鬼點子？爸忙著在鐵皮屋裡釘箱子喀喀聲大作的時候，弟弟又在做什麼？爸是絕對不准弟靠近釘槍的，所以弟弟既要活動在爸可以看見的範圍，又要離爸遠一點，這樣忽遠忽近像鞦韆盪著，會不會頭暈啊？

他們從來不知道鐵皮屋裡的工作怎麼進行，據爸說：「那很危險。」以致連觀摩的機會都沒有，有時候鐵皮屋內電話響起，久久未接，柏翰會擔心爸是不是受傷了。

這個家，小孩子是摸不到電話的；反正久久才響一次，不常有人打來。

柏翰跟庭凱玩不起來，因為，他很不想留在家裡，爸又很倚賴他照顧弟弟，變成每次出去打球，都要拖個流口水的小孩子，而同伴問及庭凱的嘴巴怎麼會長這樣，柏翰又要費力解釋一些他自己也不大懂的字彙。真累。

然而，對他來說更累的是回應弟弟那個不厭其煩的要求。

「哥哥，我想吃瓜子。」

「你很煩耶！好啦，我嗑幾個給你吃。」

「可是，我想要自己把瓜子打開。」

柏翰看著弟剛換牙的嘴，想了一下：「我拿剪刀給你，要小心喔！」一會兒，交給弟弟的卻不是剪刀，而是一把鉗子。弟弟不知道鉗子是什麼，所以柏翰暫時把它稱做剪刀。

庭凱跨坐門檻，玩起剪瓜子的遊戲，問道：「爸爸為什麼不給我吃瓜子？」

「因為你的嘴巴還沒長大啊——」回答這句話的時候，柏翰正埋頭搞定電鍋插座，「電鍋插頭要弄一下，才會正常，煮飯時要不時注意紅眼有沒有亮」，這是爸爸說的。

家裡有這麼一個寶貝電鍋，不團團轉都不行了，可惜它並非一種好玩的遊戲。

要是飯煮不熟、或煮太硬，晚餐時候，爸的臉色肯定不會好。

偏偏，「喀！喀！」爸又要辛苦釘紙箱，沒法分身顧著紅眼睛。電鍋很重要，沒有它就沒飯吃了，不像電風扇秀逗了拉一拉又可以吹那麼輕鬆簡單。

柏翰側頭一看，庭凱正把碎裂不堪的瓜子帶殼塞進嘴巴──

「喂！庭凱，不准吃！」他趕忙上前從他嘴裡挖出來。

「我也要吃瓜子，為什麼只有我不能吃……」庭凱咳出了淚，也哭了起來。

「等你六歲再給你吃，反正瓜子又不好吃。」柏翰擦擦褲子，手上都是口水。

「可是我看爸爸和你都在吃。」

「庭凱。」柏翰定定望住他，「你想不想害哥哥被打？」

庭凱搖搖頭。

「如果你吃了瓜子，爸爸就會打哥哥。」

「為什麼？」

柏翰想了想，答道：「他也沒有說啊！爸爸不是很多事情也不會跟你說嗎？」

庭凱愣愣點頭，擦擦眼淚：「哥哥，電鍋的紅眼睛閉起來了！」

柏翰趕忙跑向電鍋，慌亂間，盤旋在他腦裡的，是很久以前那一天晚上，庭凱吃瓜子嗆入氣管，狂咳不止，爸連夜冒雨送他去醫院，積水漲起，所有箱子報廢，易勝叔叔臉色超難看。從此，「看著你弟弟，不許他吃瓜子！」爸一聲令下。

庭凱竊望著哥哥守候紅眼睛的背影，舔濕手指，將地上一片碎瓜仁黏起，送進嘴巴，雖然沒有味道，但他享受地笑了起來……

爸爸準時在五點進門，簡單炒兩樣菜，加熱虱目魚罐頭，大家開飯。

紅紅虱目魚帶有濃郁番茄味，好好吃，一嚼，刺就磨碎了，不像虱目魚湯，還要爸幫他將刺挑出來。有時候，庭凱心想，如果瓜子殼也可以一嚼就碎，爸或許就不會禁止他吃了。

「柏翰，月考成績是不是出來了？」爸爸呼嚕呼嚕扒著飯，問得心不在焉。

「喔，不是今天，下禮拜才發。」

庭凱想開口說話，柏翰用凶狠的眼神，瞪得他把話吞了回去，只好繼續扒飯。看著爸爸和哥哥，話不多，卻以筷子在碗盤上敲擊出細碎聲音，有如另一種交談，庭凱有意無意也把手上湯匙弄得噪音大作，加入他們，吃飯吃得好像樂團排演，關於拿筷子這件事，庭凱倒不像嗑瓜子那樣躍躍欲試，因為，一直鏘鏘摔落地面，看爸爸忙跑水槽，這樣也不是辦法。

飯後沒多久，爸照例開始放熱水。庭凱早問過爸爸，為什麼哥哥就不用這麼早洗，爸說哥哥自己會洗，「那哥哥小時候，也是你幫他洗澡的嗎？」爸沒回答。

以前，浴室裡還有黃黃燈泡的時候，鏡台上，有突出一塊東西，影子映在牆面，很像巫婆的鼻子，庭凱常跳起來抓那個大鼻子。爸爸就會叫他不要亂動。後來燈泡壞掉，爸將它換成日光燈管，巫婆鼻子就不見了。庭凱再把注意力移回鏡台，恍然當初忘了找出那個掩映出巫婆鼻子的東西，到底是鏡台的哪一部分。

這個鏡台是紅色的，一格一格，爸每每粗率地將刮鬍刀往裡頭丟，浪費了它那麼漂亮。嗯，如果只有三個男生，不會需要一個紅紅的、漂亮的鏡台，所以庭凱想，這一定是以前媽媽最喜歡的一個東西。

至於媽媽在哪裡？爸很久以前就不回答這個問題了。

洗完澡，爸把吹風機交給柏翰，要他幫弟弟吹乾頭髮，屋內盈滿嗡嗡的聲音，易勝叔叔提過的那個恐怖蜂巢，一定也是裝滿這樣的聲音。庭凱笑，將頭髮抓得尖尖，左擺右晃，小蜜蜂，嗡嗡嗡……

吹風機聲，蓋去了慶吉獨坐廊階嗑瓜子的聲音。他手上的那一把，不多，一分鐘就可以嗑完——只是，等一下前往夜市擺攤的車程，可要耗去更多時間。

目前，他還分不出神來擔心將來庭凱入學上半天課，這個家白天釘箱、晚上擺攤的賺錢方式要怎麼調整。想找個好地方住，就要勒緊褲帶過生活，那，庭凱永遠優先的唇顎裂手術費，又要哪裡來？對他來說，生活中奢侈的願望，似乎過多了。

一陣冷風襲來，屋頂上鐵皮吹掀，蓋落，啪一聲，不大不小。房子也有話想說。他慶幸屋內兩個男孩對這三不五時的怪聲造訪，早已習以為常，也希望屋子能保持聒噪，不時這樣說說話。否則，哪天鐵皮蓋隨風而去，屋內就要落雨了。

慶吉將瓜子殼往一旁竹簍丟去，打起精神。幸虧有易勝相挺，給了他這個釘箱子的差事，好讓他可以顧孩子邊工作。要沒有這個朋友，還真不知該怎麼辦。

「弟弟呢？」進屋時，他問柏翰。

「那邊！」

順著柏翰手指的方向望去，他看到庭凱躲在竹藤椅後面，竊竊朝這兒窺探，像個小小囚犯。屋裡就是他的小世界。

「哥哥，你怎麼說出來啦!?我要嚇爸爸的！」

慶吉終於笑開了，摟起從椅子下爬出的小兒子，抱在手裡。

「爸爸，給你。」

像魔術一樣，庭凱張開小手，瓜子大大一顆。變大了。

如果瓜殼打開，裡面露出一枚枚硬幣，這兩個小孩，就可以過更好的日子了。

03 爸爸發脾氣

一行人浩浩蕩蕩走回托兒所，炎熱午後的校外教學總算告一段落。

「小朋友，等一下要吃點心，趕快去洗手！」春惠曬昏了頭，語氣難掩急躁，「劉澤彬，下次你再欺負林雅萱，我真的會告訴你媽媽！」

「老師，我們可以喝紅茶嗎？」

「不行！先喝水，紅茶要配餅乾的。」

這些話，她每天都要講，小孩子長得快，無形中，每天也不自覺換了一種語氣。今天是特別浮躁的那一種。

孩童一個個排隊進中班教室，又一個被她攔住。

「王科硯，你的圍兜兜咧？」

「在他身上。」王科硯講完就走了。

春惠望過去，看見一個不熟識的小男孩，直覺不妙。

她走過去，蹲下，問得不敢太凶：「小朋友，你叫什麼名字？」

「徐庭凱……」

看著庭凱小臉髒髒，她禁不住伸出手，朝他拭了拭。

「徐庭凱，你是哪一班的？」

庭凱似懂非懂，看看傳來喧嘩聲的教室，再看看她，搖搖頭。

春惠偷偷在心裡嘆了口氣，看來有路邊小孩尾隨蜈蚣隊形，悄悄潛入園內探險。如果他是別家幼稚園派來的間諜，春惠還會安心一點。

「你住哪裡？」

「那邊！」不速之客一陣亂指，宛如腳踏一條失衡的船。眼看問不出來歷，她轉而朝園長求援，頭髮蓬蓬的園長，大家背後都偷偷叫她貢丸。「怎麼會這樣呢！被人家控告綁架怎麼辦？」炸貢丸，劈哩啪啦的。被罵完，春惠探探庭凱口袋，想搜出紙片住址什麼的，結果，只有一顆瓜子。打了通電話問派出所怎麼處理，一回頭，庭凱又不見了。

春惠一顫，伸長脖子左顧右盼，望見教室內庭凱興高采烈同其他小朋友追逐起來，莫名鬆了口氣，才要坐下——

「春惠！」

貢丸園長大聲吆喝，魔音穿腦，春惠眼看又焦頭爛額去了。

慶吉找到幼稚園的時候，心情也好不到哪裡去，整個急翻，大呼小叫的，跟園長有得比。

春惠快速順順庭凱的頭髮，怯怯地將他帶到慶吉面前。

「徐先生，真是對不起……」

「再亂跑下次就打你！」慶吉從春惠手裡粗魯拉走小男孩，指著春惠的鼻子劈頭就罵：「還有妳！老師怎麼當的，別人的東西也要帶回家！」

「帶回家？」春惠不敢相信自己耳朵。

「難道不是嗎？跟順手牽羊沒兩樣。」

春惠聽到這裡，也火了：「那你自己為什麼不把孩子顧好啊！」

「我──」慶吉一時哽住，「我要工作啊！」

「我就不用嗎？不收費幫你顧小孩還要被你罵，這樣對嗎！」

慶吉啞口無言，低頭看庭凱。

「這是什麼？」他猛力扯起圍兜，上面繡有名字，「王科硯？」

庭凱墊高腳尖，快要飛起來。

「喂！你不要那麼粗魯，小孩子會痛──」春惠接手，氣急敗壞將它解開。

「會痛？愛亂跑，等一下回家讓你更痛！」

庭凱本能捎給春惠一個可憐的眼神，她不囉唆，馬上將慶吉的目光盯緊。

「徐先生，我跟你講，這麼小的孩子你敢打，我就先打113告發你！」

「告發我？如果你們園區真的有電話，下次請不要勞煩派出所了，他們是認真在做正事，不像你們這些人！」

「你真是——」春惠氣到緊捏圍兜，正待發作，卻被一隻小手拖住裙角。

「春惠老師，園長找你。」

「拿回去給王科硯……」春惠一股腦兒將圍兜塞給傳話的小女孩，恍若未聞。

小女孩愣愣點頭，往回走。

慶吉怒氣未消，接下去罵：「還有，我告訴妳——」

「告訴園長等我對付完外星人之後馬上過去！」春惠朝小孩子的方向大聲喊去，順便將慶吉的話打斷，毫不示弱。

慶吉看她猙獰著一張臉，這下話也哽住，噤了聲。

庭凱提頭，看看兩個大人僵立原處。這回真的惹麻煩了。

「好了，別再罵了。孩子那麼小，看著人家在上幼稚園，傻傻就跟上去了。」

易勝斜靠門邊，呼出一口煙，朝廚房慶吉喊去。慶吉再怎麼感激他義氣相挺，還是跟他約法三章屋內不准抽菸。

慶吉快速沖洗晚餐後的碗盤，怒氣難消：「不是啊！你看我每天那麼辛苦，大的老是不聽話，小的也要學他製造麻煩，我只有一個人欸！」

柏翰停筆，扭過頭，看了說這句話的爸爸一眼。

「別氣啦！生氣老得快，這些小孩還要靠你養很久的咧！」

「等你看到那個老師的嘴臉再來評論我，沒看過女人那麼恰的……」

「比得上我家琇欣嗎？」

「受不了你，真是怕老婆。」

「怕老婆有什麼不好……」

易勝將菸頭丟下，踩熄，這才踏進門。

慶吉攔路，低聲說：「而且你要知道，我真的不希望別的小孩指著庭凱的嘴巴嘲笑他。」

「好，我了解啦！」易勝拍拍他肩膀，「上次叫你去辦低收入戶補助，辦了沒？」

「要準備一堆文件，麻煩……」

「話不能這麼講，不幫自己想，起碼也幫兩個小孩想想。」

「等老賴還錢，還談什麼低不低收入的!?」慶吉丟下這句話，不想談。

看著他走離的倔強背影，易勝搖搖頭，轉身走向庭凱：「給叔叔抱好不好？」

不等庭凱回答，易勝一把將他摟起，小孩手上的蠟筆掉落，不巧就被踩碎，拖出地面紅紅一片。柏翰看了，開口想抗議，卻被爸的話打斷了：「不要太寵他，沒什麼好日子給他過，認命一點比較好。」

「在小孩子面前不要說這種話！」易勝斥道。

他再看看庭凱的臉，忍不住說：「叔叔今天帶你去夜市好不好？」

「好啊！我要去！」

「你少出餿主意，我做生意沒時間顧孩子。」慶吉擦擦手。

「我來顧好不好？你專心顧自己的感覺就好了。」

慶吉搖搖頭，吁口氣，放棄跟他爭辯。

「偶爾帶他們出去玩一下有什麼不對？整天關在這邊，小孩子不亂跑才有鬼！」易勝看看庭凱，說道：「庭凱，對不對？爸爸好壞。」

柏翰憋笑，趕忙將嘴蒙住。

到了夜市，爸爸發給了他倆一人一支黑輪，「給他們吃東西，就不會亂跑了。」柏翰聽到易勝叔叔這樣對爸說。柏翰手上的兩三口就吃完，弟弟速度更快，因為掉地上，只吃過一口。

多數人都是來夜市休閒放鬆，兩個大人卻焦頭爛額忙了起來，好像他們的地球跟別人轉不同方向。工作性質這麼獨特的父親，跟柏翰說，他已經十一歲，晚上可以在家看顧弟弟了，可是無論如何門要關緊，相對，平常他們兄弟很少來夜市陪爸爸，可是後來跟同學聊起，才發現，他們「偶爾」來夜市的次數加起來，其實已多出別人很多了呢！

今天爸爸負責套圈圈攤位，易勝叔叔則顧彈珠台，有時候反過來，有時候又換回來。柏翰不知道爸爸和叔叔是照哪張表的規定輪值，他只約略曉得，爸有這份工作，都是易勝叔叔引介，所以，顧套圈圈的攤位雖然比較累，要不時趁空檔伸長竿子把竹圈收回，但爸爸一定心想，受了人家那麼多幫助，辛苦一點也是應該的。

柏翰踞蹲一旁，撐著臉頰看圈圈朝空中飛啊飛的……爸一定也跟那些顧客一樣，很想要套中些什麼。至少，以家裡的經濟情況而言，爸非這麼希望不可。

伸頭望去，弟弟賴在彈珠攤位那邊，他很聰明，知道爸今天氣憤難消，轉而朝叔叔尋求庇護，柏翰不禁也慶幸自己逃過一劫，若不是事發當時他在學校上課，爸這下就要修理他了。

「叔叔，我問你唷。」庭凱拉拉易勝褲管。

易勝找完錢給客人：「嗯，庭凱，什麼事？」

「大野狼為什麼吹不走第三隻小豬的家啊？」

易勝笑，彎下腰回答他：「因為那間房子很堅固啊！」

「那我們家常常被風吹出很大的聲音，這樣是第一隻小豬的家，還是第二隻小豬的？」

易勝不知怎麼回答，停了一下。他第一次希望週遭嘈雜的噪音可以讓他聽不清楚一句話。

「是哥哥這麼跟你說的嗎？」

「不是，」庭凱搖搖頭，「今天幼稚園王科硯翻故事書給我看。」

易勝嘆口氣，望向對面忙於應付難纏顧客的慶吉，他想，沒有什麼話，是他可以代替慶吉回答的。於是他塞了兩顆沙士糖在庭凱手裡，要他拿一顆分給哥哥……

慶吉不經意抬頭，遠遠看見庭凱怯怯想穿梭人來人往的攤街，不由得停下手上動作。

他看到一名青年男子停下腳步，笑笑對庭凱說了些話，並順著庭凱手指所示的方向，朝這邊看過來，男子和慶吉四目相接，慶吉緊鎖眉頭，直覺不妙。

「柏翰，去看一下你弟弟在和誰說話！」

柏翰跑過去，三人簡單聊了幾句，男子離開，哥哥安全把弟弟接過來，兄弟倆似乎很開心。

「那是誰啊？柏翰。」慶吉一把將庭凱往自己身邊拉進，問道。

「那是郵差叔叔啦！上次他來送信有跟我們聊天。」

「叔叔？」慶吉思忖著這個字眼，再伸長頭，杰定已經不見蹤影，「以後不要隨便叫陌生人叔叔……，庭凱，在吃什麼？」

「沙士糖。」

「嗯，去玩。」

慶吉給了庭凱五個竹圈，他和柏翰分著玩，贏或輸當然都不能把獎品拿回來的。反正，他們也從來沒套中過。

雖然五次都落空，但弟弟玩得很高興。柏翰伸起手，順順弟弟翹起來的頭髮，弟弟轉頭，得到哥哥一個微笑。

這一天，發脾氣的爸爸買了東西送給他們。回程摩托車，兩兄弟一前一後將爸爸夾在中間，庭凱手抓印有米老鼠圖案的氣球，飄揚在回家的路上，柏翰透過後視鏡，看到庭凱快樂的表情。

他真心希望，等弟弟到了他這個年紀，還可以這麼開心。

04 城堡

以前同學問過柏翰：「你們家是不是很窮啊？」他想了一下，只回答他家沒有領低收入戶補助金，並打開鉛筆盒，展示自己不會太短的鉛筆和色彩鮮豔的橡皮擦。

這兩樣東西，一般人要在易勝叔叔的彈珠攤位打滿十格以上才能得到。

話說回來，如果他們家真有什麼看起來「不窮」，那就是客廳一角，一張檜木單人座椅，庭凱有一次沿著滑亮的扶手溜下來，撞到額頭，從此成了兄弟倆打勾勾不許說出的秘密。

後來去同學家玩，柏翰才知道，自家客廳也稱不上所謂客廳，它和飯廳、廚房，共用一個空間，沒有隔開，加上少了電視機，所以屋內很難劃分出客廳在哪裡。

有時候，柏翰會一個人坐在那張檜木椅上，想像它的同伴到哪裡去了。一般家具不都是一組好幾張嗎？

它一定由於某種緣故，被孤立出來，分發到他們家，不然就是，以前家裡買了一整組，後來因為經濟因素，一張張賣掉了。可是現在這個家分明放不下那麼多座椅，所以柏翰心想，在他未有記憶的很久以前，他家一定很大，大到可以容納很多椅子，和其他東西。

當然，還有多出來的那個人——媽媽。

媽媽的模樣，他記得，又彷彿不清楚，因為那時候他矮，跑去抱住媽媽大腿時，她的臉會被肚子裡的弟弟擋住，而慣以背部面對他的媽媽，生下弟弟後，也以同樣的姿態離他們而去了。有次他問易勝叔叔，只換來淡淡回答：「又不是牛蛙，哪有可能肚子大到把臉擋住？」柏翰才了解到，這是件大人不想提的事。

偏偏他只記得那麼多，甚至不確定自己記得對不對，所以也不知該怎麼對弟弟描述一件自己都滿頭霧水的事情。說不清楚，這也剛好，爸早告誡過他，不要再提到那個人。他多講，怕下回就不只是告誡了。

「我們比比看誰先跑到城堡！」庭凱喊完這句話，就往屋內跑。城堡，也沒別的，就是指那張檜木椅。這是他們以前常玩的遊戲。

柏翰慢慢踱步跨進屋內，看著攻佔城堡的弟弟：「庭凱，你剛剛在外面埋什麼東西？」

「種樹啊！」

「樹？」柏翰差點笑出來。

「我把瓜子埋進土裡，以後會長出大樹。」

「是喔……」他想還是不要破壞弟弟的期待好了，畢竟米老鼠氣球已經消氣了，「你在綁什麼？」

柏翰走近，發現庭凱手上有條橡皮跳繩，橡皮筋一圈圈環出的長長一條，像髮辮：「這不是邱妙琳她們在玩的嗎？」

「我在外面撿到的。」庭凱專心將它綁在木檜椅頂端一個葫蘆形狀的木球上。

「你不拿去還給人家？」

「我玩一下啦……」

「不理你了，被爸罵我不救你。」

柏翰說完往屋外走去，鐵皮屋內喀喀聲音照常規律傳出來，好像有什麼子彈飛鏢隨之進進出出，弄得他很想躲避。

他朝馬路走去，那一端，國中生下課的嬉戲胡鬧，襯著此起彼落的單車煞車轉彎，一路畫出很多快樂的圈圈，這就是國中生活的模樣嗎？他奔上前，羨慕地望著他們。也許並非如他所想吧，就算升上國中，家裡的情況，也會緊緊牽連他，只要同學問起他住哪裡，柏翰就會支吾起來。

而這種支吾的語氣，終將化為他國中時期的說話方式。

「喂！你拿來啦你！」

「哈哈——」

「死張振昌！」

一個被罵做死張振昌的男生嘻嘻哈哈跑來，將手上的女生帽子往柏翰頭上一套，吐給了那個女生一連串的舌頭鬼臉，然後得意跑走。

「給我小心一點，明天一定揍人扁你！」凶巴巴的女生跑近，朝死張振昌背影破口大罵。

柏翰一動也不動，看看凶巴巴女生的姓名學號——黃微雅。

「機車……」微雅怒氣難消，轉過頭瞧見柏翰，卻笑了出來，「哈！這麼小就要學女生哪？」

微雅一把將帽子從柏翰頭上扯下，故意湊近鼻子聞了聞，裝出一副嫌惡的表情：「好臭喔！你該洗頭髮了。」

柏翰杵在原地，眼睛直勾勾望著高出自己一個頭的微雅。

「看什麼看!?再看把你眼睛挖出來喔！」她傲氣地將帽子戴上，轉身就走。

柏翰這才蹲下，抓起一把沙子朝她用力撒去，立刻往別處跑。

「喂！」微雅氣急敗壞拍著身子，想追又追不上，「死小鬼，給我小心一點！」

柏翰知道下次再遇到這個女生，她一定不會饒過他。

他有點怕，所以繞得遠遠的，撞上街角雜貨店，進去躲一下，想說晚一點再回家，「柏翰，你今天要買什麼？」賴老闆將視線從報紙上移開，問他。

「沒什麼，只是來看看。」柏翰拿起泡泡罐，又放回去。

「你爸最近怎麼樣？」

「跟以前一樣啊！」柏翰摸摸口香糖。

「是不是爸沒給你錢啊？拿一條去吃好了。」

柏翰看看口香糖，嚥了口水，想一下，說：「不用了，我們家正在煮飯。」

環視雜貨店，好像有點變小了，很久以前，他都是拿著幾個銅板，來這裡買一大包瓜子回家，爸也常有說有笑來這邊找賴老闆聊天，後來，爸爸跟老闆吵了一架，從那次以後，都是兩兄弟跑腿來這邊直接拿瓜子回家，錢都不再付了。好像賴老闆，無限期供應他們家的瓜子，卻不再跟爸爸做朋友。這是柏翰僅知的全部，也是他百思不解的部分。

柏翰離開前，賴老闆攔下他問了爸爸最近怎樣，順便瞥過柏翰的口袋，留意有沒有鼓鼓的。發現沒有，就塞給了他一包瓜子。

「你跑去哪裡了？飯都沒有煮！」回到家，爸很生氣，指著他鼻子罵。

「我有事啊……」

「去哪裡？」

「去雜貨店，我去拿了一包瓜子回來。」

爸爸看看柏翰手指的方向，更火了。

「你沒事跑去雜貨店拿什麼瓜子!?」

「我……」

「賴老闆還給了你什麼？」

「沒有了啊——」

「你不要騙我，我會去問他喔！」

「真的沒有嘛！」

「你是不是想吃免錢糖果，所以故意跑去那裡的？」

「真的沒有啊！不信你就去問賴老闆嘛……」

「不要以為我不會——現在回來幹嘛？不煮飯，就不要回來了啊！」

爸爸劈哩啪啦罵個沒完，柏翰側過頭，望見橡皮跳繩已繫牢木檜椅上的木球，庭凱用力拉直，正試著將另一端綁上藤椅。

「我說話你有沒有在聽啊！我整天累得跟狗一樣，你連個飯都煮不好！」葫蘆球朝爸爸彈去，「咚！」一聲，不偏不倚打中他的後腦杓。

「噢！」爸抱頭蹲下，哀嚎起來：「哎呀……」

「爸，你怎麼了？」柏翰不知該怎麼辦，手足無措。

「快去盛飯！……哎……」

庭凱顯然嚇到了，愣在原地不知如何是好，「吃飯啦！」柏翰用嘴形喚他，還瞪了他一眼。

看爸爸痛得手忙腳亂，柏翰真不知該不該感謝弟弟幫他解圍，唯一可以確定的是，他曾經把木球鬆轉拿下來當不倒翁玩的事，這下變成私藏的秘密了。

看著那條惹禍的橡皮繩無辜垂落地面，柏翰心想跳高要三個人才能玩，除非綁在柱子上。不過爸再看到橡皮繩綁住任何東西，鐵定把它燒掉。

或許這個武器可以用來對付黃微雅。

稍晚，弟睡了，呼吸聲間歇從房間傳來。柏翰拿起聯絡簿，伸頭找不到爸爸。他關了日光燈，打開門邊小夜燈，「要省電節源。」爸說過，可是，在他唸書做功課的時間，這句話爸從來不說。

他拿著聯絡簿走出門外找爸，才發現原來爸稍早去鐵皮屋接完電話，就駐足外頭，現在還不打算進來。夏夜蟬聲尖聲高吭，爸的背影，融為靛藍夜裡樹影的一部分，他面朝的那個方向，是大房子。那些建築物，對他們一家來說，猶如童話裡到不了的城堡。他停下望著爸的背影半晌，見爸沒什麼動靜，決定回到屋內，將書包收好。

柏翰爬入蚊帳，躺到木床上弟弟身邊，蓋上被子。

「哥哥，爸爸今天會不會很痛啊？」

「剛剛問過他，他說不會。」

「喔。」弟又問：「那邱妙琳她們會來拿跳繩嗎？」

柏翰停了好一會兒，有一分鐘那麼久。

「如果她們沒有來，你就先玩吧。」回答的時候，弟弟已經睡了。

沒多久，外頭小夜燈熄滅，有個聲音躡手躡腳進入房間，柏翰翻身面牆，不想給爸知道他還沒睡。

黑夜中闔上眼睛，他格外舒坦，因為，少了將世界關閉的感覺。

05 復仇記

果然，黃微雅沒放過他。

隔天一放學，回家路上，兩名國中男生擋去柏翰的去路，其中一個，就是昨天那個被罵「死張振昌」的人。另一個身材魁梧，大概沒人敢取綽號。

「就是他！拿沙子撒我！」微雅現身一旁鐵桶上，指間燃著一根菸。

「小弟弟，你膽子很大嘛……」

柏翰被推了一把，節節後退。

「是她先罵我的！」柏翰書包被張振昌緊抓，逃都沒得逃。

「我罵你什麼啦？」

「又不是我把妳的帽子搶走的！」柏翰朝張振昌一指，「是他！」

那個叫不出名字的男生，對微雅投以疑問的眼神，再朝柏翰心虛地罵道：「你還嘴硬！」

「我哪有嘴硬，不然你問他！是不是他把黃微雅的帽子戴在我頭上的！」

三名國中生都傻了，面面相覷。

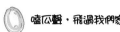

「他怎麼會知道妳名叫黃微雅？」

「你不想活了，她是學校的老大，你敢直呼她的名字！」

「有什麼不敢的!?」柏翰朝微雅稀哩呼嚕嚷著：「我就是要叫，黃微雅黃微雅黃微雅……」

「真以為我是好惹的！」微雅火大，丟了菸頭，衝上前往柏翰用力一推，他跌坐地面，看到手擦破了皮，哽咽大叫：「我流血了，你們完蛋了！我要叫我爸來修理你們！」

「叫你爺爺來也一樣啦！」張振昌朝他書包踹了一腳。

「好啦！放過他啦……」微雅突然又改變主意，也不知道是心軟還是心虛。

「臭小鬼，你還真敢講！」又是朝柏翰腦袋一推。

「喂！我說夠了，讓他走啦！」微雅一聲令下，兩個男生停下手。「你們回去上課啦！」

「上課？」兩男對看，吃吃笑了起來。

「我看我們去電動間好了。」

「大姊頭，要不要去？」

「你們去就好了，我再抽一根菸。」

在他們並肩離開後，微雅吁口氣，挑戰性看著柏翰。

「知道厲害了吧，看你以後還敢不敢囂張！」

不想理她，柏翰費了一番功夫爬起來，準備要走。

「喂，你手有沒有怎樣？」

柏翰繼續走，沒理會。

「我請你吃冰好不好？」

柏翰頭也不回，真的生氣了。

「欸！」

微雅怒而抓起一顆石頭，朝他擲去，很準，正中書包，彈落地面，噠噠往下坡的路滾去。

柏翰停步，轉頭，看到微雅摀住嘴巴，驚恐神色掛滿臉上。

他突然覺得很好笑，噗一聲笑了出來。

然而，同一時間，柏翰的爸爸可笑不出來。

上溯同一條路的更高端，慶吉和庭凱困在彎道，一旁是隆隆作響的工廠，沒有住戶可以幫他們解決摩托車的問題。

慶吉一籌莫展看著兒子，等他手上那包乖乖吃完，很快就會對炎酷熱天展開發問。該走回去嗎？好遠，進也不是，退也不是。摩托車早該送修的，原本他想說拿到錢再弄也不遲，就這麼剛好，拋錨就在請完款回家的路上。

一名郵差騎著咳嗽的車，噗嚕噗嚕停靠工廠大門，一疊郵件往信箱一塞，不經意注意到父子倆，慶吉窘著臉，點頭給了杰定一個微笑。

杰定也笑，擦了擦汗：「在這邊工作啊？」

「沒有，在曬太陽。」慶吉尷尬地說。

「郵差叔叔！要不要吃？」庭凱高捧那包乖乖。

「謝謝喔。」杰定拿了一顆塞進嘴裡，視線停在慶吉摩托車上，「不能騎？」

「還在想辦法——」

杰定點點頭：「有什麼可以幫忙的嗎？」嘴裡的乖乖也隨著這句話溶化了。

「你會修車嗎？」

杰定勉為其難苦笑起來：「我正好要送信下去你們家，不介意的話，可以送你們一程。」

這是庭凱第一次坐郵差先生的車，也是第一次沒坐在車頭，爸爸將他抱著，爸的手，第一次在車子行進時，將他緊摟，爸的位子，是以前哥哥坐的，而他坐的位子，是以往爸爸的，庭凱想，這樣好像是他，騎車一前一後載著兩個大人一樣。好多最新的體驗，都一起發生了。

到家，也不過五分鐘車程，行進中簡單幾句交談，慶吉得知杰定來到這個小鎮沒多久，環境還有賴摸索，兩個小朋友，算他聊最多話的「熟人」。

「老家在哪裡？」

當慶吉這麼問，杰定毫無反應，不知是風太大沒聽清楚，或是不想回答。還好，沒多久到家，就把這僵持的氣氛給化解下來。

「庭凱，給你。」郵差叔叔交給小朋友一疊信。

「謝謝叔叔！」庭凱好高興，小郵差抱個滿懷。

「今天真是麻煩你了。」慶吉對他露出謝意的笑。

「不會啦！」杰定發動摩托車，低頭對庭凱說：「咱們有空多寫信聯絡，這樣我就可以常來看你了。」

庭凱還搞不清杰定的話，車子又噗噗騎走，送信去了。

「爸爸，我長大要當郵差！」

「那就要用功讀書啊！」慶吉說完低頭看看手上信件，都是帳單。

「爸爸，有人耶……」

慶吉抬起頭，望見那個跟他吵過架的女老師。

「徐先生，你好。」春惠笑笑點頭，表情有點窘。

那天吵架的情景，霎時又在他們之間翻攪起來。

「老師，妳好。」慶吉左顧右盼，確定沒有幼童隨行，「有什麼事嗎？」

「跟你說一下，那天真是抱歉——」

「別這麼說，我脾氣也不好。」慶吉笑得略帶保留，他知道她別有來意。

春惠尷尬，眼神移到庭凱身上，笑著問：「庭凱，還記不記得老師啊？」

「記得啊！老師還帶我們去抓蝴蝶！……王科硯有沒有來啊？」

「王科硯還在學校啊！想不想去找他？」

慶吉臉色不自然了：「老師，請問有什麼事？」

「徐先生，不知道庭凱幾歲了？」

慶吉懂了，將信件塞進庭凱手裡：「庭凱，幫爸爸把信拿進去放。」

春惠注意力不覺追隨小小身影進了屋內，卻被他爸的聲音抓了回來。

「這位老師，妳可以查出我家住這裡，應該不會不知道庭凱今年五歲，妳可以一次講清楚來意嗎？我很忙。」

「五歲了，小朋友應該要上學了……」

「妳來只為了講這句話嗎？」慶吉感到啼笑皆非。

「庭凱這個年齡的小孩，很需要同年紀的玩伴。」

「這不必妳來教我——」慶吉作勢要走。

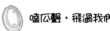

「徐先生，」春惠一急，扯住了他的手臂，又趕忙放開，「你不一定要將庭凱送來我們幼稚園，可是我說真的，他應該提早適應團體生活的！」

「我兩個兒子，加上一個不速之客，這樣還不夠『團體』嗎？說你們這種話的人我看多了，妳是要提早走還是留下來吃飯？我碗筷少一副，而且很忙。」

他說完，逕自朝屋內走去。

「徐先生，如果遲早有人會問庭凱關於他嘴巴的事——」春惠說到這裡，慶吉驟然停步，使她格外緊張，「那麼……你何不讓他們早一點問呢？」

他沒轉身，緊抿嘴唇，視線穿越窗戶，看見庭凱仔細端詳著信封上的字。

「那也不關妳的事。」慶吉說了一句自己都不舒服的話。

春惠看著慶吉的背，見他沒轉身的打算，才補上最後一句：

「我今天來，本來是有點擔心你對小孩子管教過當，不過剛剛看到你們相處的樣子，很高興我的疑惑已經解除了。」

慶吉回過身，有句話要說，卻只見她背影走遠。

等飯煮好，慶吉可能問不出柏翰晚回家的真正原因。他怎麼也不會想到兒子正跟一個大他好幾歲的國中女生，一高一矮踞蹲雜貨店外喀滋喀滋啃著冰棒，不協調的畫面，好像其中一個帶壞了另一個。至少，坐在櫃檯的賴老闆，是以這樣的眼光斜望他們的。

柏翰倒感覺這挺新鮮的，除了檸檬棒棒冰的滋味，他甚少嚐及。微雅的國中制服，和那一副弔兒郎當的樣子，更讓他覺得明天可以跟同學炫燿什麼似的。

微雅發了一堆學校生活的牢騷，可是那聽在柏翰耳裡，都是新奇有趣的事物，沒想到國中老師的嘴臉會恐怖成那樣。她還說，那兩個小囉囉才七年級，笨笨呆呆，所以很聽她的話。柏翰偷偷想，再過兩年，他就跟那些人一樣大了。

「那張振昌為什麼要偷妳的帽子？」

「他沒有偷啊！他在跟我玩。」

柏翰點點頭，將冰棒吸乾、吸扁。

「那妳也是跟我玩嗎？」

微雅眼睛一瞇，用一種疑惑的笑眼睨著他：「你很想跟我玩啊？」

柏翰趕忙看地上，一隻馬陸蠕著紅紅的身軀，往牆邊爬去。

「送妳！」他抓起長條昆蟲，咧嘴一笑，往她身上丟去。

「喂！你不想活啦！」微雅飛跳起來，破口大罵。

「又不是蜈蚣！」

「當然不是蜈蚣啊！你這個膽小鬼怎麼可能敢抓……」她提腿想把蜷成圓狀的馬陸狠狠踢遠，臨時害怕又縮了腿，回過頭，卻發現柏翰臉色不太好看。

她推推他：「怎麼了？」

他抱住膝蓋，搖搖頭，不回答。

「好啦！你不是膽小鬼啦……」她抓抓他的頭髮。

柏翰嘟起嘴，瞪了她一眼。

「我才是膽小鬼，這樣可以了吧？」

「那妳要怎麼證明？」

「怎麼證明？給你一拳好不好，真是夠了！」

柏翰這又笑了。

「真是受不了你耶！變臉王子。」她張開手掌，朝他臉上玩刷油漆。

左刷、右刷，刷刷刷……

06 地震防治宣導

晚飯後，慶吉踞蹲後門沖洗著鍋子。

今天吃三杯雞，如果在水槽洗鍋子，一下子就滿起來了——他們家排水管一向不靈光的呢……。

柏翰拿出作業簿，打算一口氣將生字作業趕掉大半，那爸等一下進門就沒有藉口可以嘮叨了。

正當這時……

「叩叩叩——」門響了。

柏翰揚起頭，第一個反應是不想應門，「一定又是誰過來催繳水電了……」他心中嘀咕著。

「哥哥，有人來耶……」偏偏庭凱手上的玩具停了。

「那是大野狼，趕快去躲起來。」柏翰故意嚇他。

庭凱愣，門聲再起。

「那我去叫爸爸。」

「噢！我去開門，你不要去叫爸爸。」柏翰懊惱地從椅子上跳下。

門扉一開，果然是一個看起來很像收費員的叔叔。

「弟弟，只有你一個人在家嗎？」叔叔伸頭看了看屋內。

「我弟也在。」柏翰知道他的意思是說，大人在不在，但這樣回答，心中有種對爸爸示威的快意。

「呃……」叔叔勉為其難地從手上一疊紙，抽出一張，遞給柏翰，「跟爸爸媽媽說，等一下九點，十四巷那邊有地震防治宣導說明會。」

柏翰沒回答，只是定定看著他，等他繼續說。

「說明會，請爸媽記得過來，帶著這張單子。」

陌生叔叔離開後，柏翰執起單子看了看，庭凱也煞有其事湊上來。

柏翰心想，都開門見山要大人參加了，所以應該不是騙小孩的。

「柏翰，你功課寫好了沒？還在玩。」慶吉拎著滴滴答答的鍋子進門，照例又是劈頭就唸。

「我沒在玩啊……，爸，剛剛有人來。」

「有人來？」慶吉語氣微慍，偏偏手上碩重的鍋子減低了他的反應，「你就這樣開門讓他進來了!?」

這下柏翰該快點解釋了，免得爸爸鍋子放好，走去拿棍子。

「是叫我們去聽地震的。」他講得慌亂。

「聽地震？」

「就是防震宣導啊……」

慶吉愣了一下，隨即輕哼了一聲，不是很放心上：「你功課趕快去寫。」

「爸，我要去聽。」

「你在胡說八道什麼——」

「叔叔說九點開始，那之前我作業就寫好了。」

「寫好!?」不知怎的，慶吉火氣來了，「寫好就得甲上了嗎？那麼晚了還要出去玩，天氣那麼涼——」

「穿外套就好了啊……」

「你再給我頂嘴！」

柏翰這才噤了聲，負氣大步回到椅子上。

但「唰」一聲，柏翰聽到爸抽走那張單子，八成也逐行閱讀著上頭的字。他不轉頭，想讓爸以為他在生氣。

「十四巷，不就在邱妙琳他們家那邊。」慶吉喃喃著。

「對啊，剛剛那個叔叔說，地震來襲的時候，第一時間的反應很重要。」柏翰隨口掰了掰，大略都在正確範圍。

「這就不用你擔心了，我們家這麼小，壓不死人的。」爸的語氣還是那麼不屑。

柏翰心底失望了一下，他知道，爸是不願拋頭露面，和一堆住樓房的鄰人團聚，免得大家搶著建議他哪個牌子的去漬油最有效，這對他高高在上的自尊沒什麼好處。

但柏翰相反，他很想去，老實說，除了「爸爸」跟「老師」之外，聽聽不同的大人說說話，對柏翰是甚有召喚力的。

深吸一口氣，看到那張白單子被爸塞到茶几下，他決定，等會兒要偷溜出去。若不這麼做，機會以後也不會再來了。

稍晚，爸的鼾聲悠緩地籠罩整個屋內空間，就跟以往一樣。

這使柏翰燃起一絲反叛的動力。他快速將作業寫完，闔上簿子，看弟弟還在地上玩尪仔標，他佯裝善意走過去，壓低聲音：「欸，庭凱。」

「唔。」

「哥出去一下。」

「你要去哪裡？」

「就出去一下嘛……，你等一下不要太吵，把爸吵醒那我回來就找你算帳。」

「那——」

「那什麼那!?」

「那你會帶糖果回來嗎？」庭凱怯怯地說。

柏翰想了想，說：「你不是很想摸摸我自然課本裡的溫度計嗎？」

庭凱趕緊點頭。

「如果我這次任務安全達成，就想辦法帶一支回來給你玩。」

「真的喔！」庭凱幾乎要跳起來。

「小聲一點。」

說定以後，柏翰壓低身子，小心翼翼自茶几下將那張被爸大腳壓踩的單子抽出。

臨走前還不放心地聞了紙張一下。

抵達十四巷的時候，才發現地點不是那麼難找。

原本柏翰還很怕認不出說明會場，沒料到所謂「防震宣導說明會」不過是一張折桌、一具檯燈，方圓三公尺圍緊一些人的注意力，如此而已。

這也讓柏翰有點卻步了，該不該靠近呢？他想假裝自己只是經過這裡，可是又怕離得太遠被全然忽略……

「小弟弟，單子拿來吧！」是剛剛那個叔叔。

他將柏翰的單子抽走，順手塞了一張紙票給他。

柏翰就著微弱的燈光細看，居然是張摸彩券。

正當他喜出望外，猛然抬起頭，主講人已經開始講話了。

「各位親朋好友大家好，很高興呢，大家今天這麼捧場，天這麼涼，這場活動也不會讓大家空手而回……」

柏翰視線隨著主持人的話來到桌上那些包裝精美的家電用品，再看看手上的摸彩號碼，他少能興起這種期待的情緒，上回是月考全部滿分走在回家路上……

可是這次，只要乖乖候著，就有機會可以把「防震安全瓦斯爐」、「防震捕蚊燈」帶回家，他滿心歡喜想像著這些東西將釋出不一樣的光線為室內增添不同的光澤，而爸爸看到，也會嘉獎他一番呢——

不知什麼時候，自己屁股下多出了一張椅子，果然有賓至如歸的感覺。

「欸，徐柏翰！」

邱妙琳也有來……

柏翰轉開眼，不想理她。

「你來這裡幹嘛？」她語氣很挑釁。

「不然妳來這裡幹嘛!?」

「我家房子很大，當然要聽一下啊……」

「哼！」柏翰瞪了她一眼。

「哦，我知道了，來這邊摸彩的喔!我要跟你爸講。」

「去講啊去講啊，反正我爸又不會理妳！」

「噓！」有大人在喝止他了。

柏翰生氣地抓起椅子，坐個老遠去，遠離邱妙琳那個掃把星，免得手氣被影響。

這時，主講人突然說：「大家坐這久屁股也疼了，我們就來抽第一個獎吧……。」

好期待唷，柏翰趕緊抓起手上的摸彩券，主講人已經開始抽號碼球了——

「二十一號。」他手抓著一顆球，問道，「有人是二十一嗎？」

柏翰趕忙張望，好險，周遭人你看我、我看你，看來是沒有。

開始摸第二顆，柏翰直盯那排數字，心裡祈禱著。

「八號。」

柏翰再度伸長脖子張望，顯然也沒有人中獎。人群中開始竄出細碎耳語。

不見得不好，反正邱妙琳也沒中，柏翰心想，何況，獎品沒送出去之前，大家都有機會。

沒抽到獎，但大家都很開心似的，如果周旁有人陪他一起分享這個氣氛，那就好了，杰定叔叔送信那麼累，一定在家呼呼大睡了，黃微雅呢？國中課業很重，該也被爸媽逼寫功課吧！

唉，連快樂的時光都是孤獨的……

「好吧！那就先給大家一個見面禮，人人有份，交個朋友……」

一陣驚喜，柏翰伸長了頭，工作人員已經朝這邊發過來了。

是馬桶清潔錠，藍藍一顆，很像魔術毛巾，彷彿丟入水裡，會變出新造型。

「這個喔，丟進馬桶水箱裡，它會慢慢溶解——」

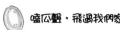

柏翰才不願照做呢！他要好好保存起來，只要保持碩實一顆，放在手裡把玩就永遠可以幻想它變出新奇造型，一條桌巾、一隻孔雀、一台腳踏車……

在主講人滔滔不絕的同時，柏翰已經耐不住性子，任由思緒飛到美好的未來去了。

當家裡多出一台防震瓦斯爐，他以後就可以跟同學說：「我家有兩台瓦斯爐！」那誰也不會懷疑柏翰家沒有電視了。

……夏天會是什麼情景呢？門外架起一台防震瓦斯爐，烤起肉來，漫天瀰漫的香味，傳遍鄰里，大家都會知道他們家在BarBQ，襯著收音機裡逸出的悅耳音樂，好不快樂啊——

會的，這些人都會對我們家改觀的……

柏翰笑眼張望四周，然後看到了爸。

爸抱著弟弟，鐵青著臉看他。在柏翰驚愣同時，爸並沒有罵他，只是將視線轉移到主講人的方位，淡淡問了問：「這活動是在怎樣？」

「摸彩。」柏翰趕緊說，「爸，你看！」

他將馬桶清潔錠呈遞給爸，但爸簡單打量一下，隨即塞進庭凱手裡。

「那邊也有。」柏翰不死心，迅手指向前面一堆家電。

只見爸點了點頭，臉上並沒有因此浮現喜悅之情，這讓柏翰有點失望了。

柏翰看向前方，懷疑爸爸目視的位置跟他手指的地方不一樣，他寧可這樣相信，爸只是看偏了。終有一天，他可以讓爸，認真看待他指示的方向。

場面越來越熱絡了，主講人不知是不是太亢奮，開始逐一介紹防震家電的功能，極力誇讚著這些高科技產品多麼能防止地震災害所造成的火災……

下頭大家面面相覷，慢慢湧現一片窸窣耳語，直到主講人說這一台不貴：「現在外面都賣很便宜。」

慶吉終於不耐地抓起柏翰的手：「回去了──回去了……」

「爸，還沒抽獎耶！」

「還抽獎!?」他火了，「明明就是在推銷！」

話一出口，好幾雙不以為然的眼睛都飄過來了。

「爸，你再等一下，讓他抽完啦！」柏翰臉露哀求的情態，想將爸的手掙開。

慶吉礙於一手抱著庭凱，無法跟柏翰扯個高下，一方面又怕給人看笑話，他氣急敗壞，壓低聲音斥喝著：「你再不聽話，我和弟弟回家門就關起來。」

「可是快抽獎了……」

「你走不走!?」

柏翰陷入兩難，如果這次他還順著爸的意，是不是又要跟上次一樣，錯過夜市難得一見的花車遊行。想到這裡，他緩緩而堅決地提起頭來，對爸爸搖了搖頭。

慶吉重吁了一口怒氣，也不囉嗦，抱著庭凱轉身跨步就走。

柏翰看著爸的背影在黑暗中跨出那麼大的步伐，彷彿一去不再回來，心中酸酸的難過起來。

接下來，麥克風傳出什麼話，他都聽不進去了，只覺得莫名地，眼眶慢慢變溼，整個腦袋沉重起來，也無心摸彩了……可是，現在他又不敢回家，如果不帶回一些獎品，爸爸就更有理由生氣了。

怎麼辦呢？

隨著周遭氣氛越來越熱絡，忽然，一台摩托車來了，聲音很吵，車燈強光刺進柏翰眼裡。

直到熄火，柏翰才發現是警察。

「你們有申請嗎？」

「申……申請——」剛剛口若懸河的聲音突然支吾起來了。

「對呀，里長伯說，你們挨家挨戶發傳單，還占用公共場所集會，這樣不行喔！」

「這……」

「拖到這麼晚，也夠了——，收起來了啦，不然我對局裡也難交代。」

「可是還沒抽獎耶！」主講人面露難色，「看看他們……」居然還拿群眾臉上似有似無的掃興表情來施壓。

「你還沒抽獎附近居民也還沒睡覺——」

「哪!?附近居民不都來了……，我們也是做公益——」

主辦人嘻皮笑臉跟警察抬槓起來。但警察顯然不吃這一套，好說歹說就是要他們打包一下，還給大家寧靜：「下次記得先跟分局申請。」

真的很掃興啊！

也不等主辦單位收東西，居民個個露出沒戲唱的失望表情，三三兩兩各自發展新話題，散場聊天去了。

「唉呦……」這聲嘆氣是真從柏翰心底扎扎實實發出來了。

人群漸漸走散，椅子也一張張疊攏變高，滿眼洩氣的主講人這時與柏翰四目相交，堆起猥瑣的笑：「弟弟呀，散場囉。」語氣帶了一點點詻謔，與剛剛判若兩人。

「叔叔，你們什麼時候還會再來啊？」柏翰問道，他這才注意到後面有台小貨車，上面堆滿顯然亦是防震系列的家電用品。

「呵……」主講人這一笑，彷彿將可笑的白忙一場一股腦兒宣洩出來，他站直身子，伸伸懶腰，「快點回家吧，大野狼快來了。」

柏翰嘟嘴，有點生氣，氣大人還拿大野狼嚇唬他。

他這年紀早不怕童話故事裡的壞蛋了。

還是得沿著原來的路走回去啊！

這天晚上，天上星星顯得格外皎潔明亮，「可能全都睜大眼睛在嘲笑我吧！」柏翰垂下頭，心中好難受，他自認憋住了。然而涼風迎面襲來，他想想，如果他沒有按捺住這股哀傷，最多，會哭出來嗎？哭出來，又怎樣呢？沒人看到，不會天降任何安慰，況且，他活該。

不想回家，卻走著走著還是回到家門前——，燈還亮著呢！

大門半掩，柏翰輕推，就看到爸坐在椅子上等他了。

柏翰怯怯跨入，停在爸面前，反省般立正站定，等著被罵。

「有抽到什麼嗎？」爸問得簡短。

柏翰只是搖搖頭，心裡料想著爸接著會暴跳起來對他破口大罵。

但爸沒有，只是短短一句：「去睡吧。」

柏翰垂頭喪氣，往房間方向走，能夠不用對爸解釋，就該慶幸了。但今晚，他鐵定是高興不起來的……唉，如果爸開罵的話，他可能還會比較好過，

「等等……」

柏翰停步，心跳噗通噗通快起來。

「以後想買什麼，跟爸爸講就好了，碰運氣，不如靠自己。」

柏翰點點頭，默默走回房間。

07

芒果香味與螃蟹滋味

接著幾天，不管學校還是家裡，微雅尖銳的嚷叫聲，總會重新回到柏翰耳邊。

學校放學比國中要早一小時，時間一到，柏翰總叮囑弟弟先顧著電鍋紅眼睛，他會偷偷跑到馬路旁，等微雅出現。有時候，目睹她和男生追逐笑鬧著晃過，柏翰馬上縮頭躲起，有時候，她沒有出現，卻照樣看見檸檬棒棒冰人手一支，像歡慶放學的螢光棒，巡遊馬路。

這些都是微雅請吃的嗎？

她已經國中三年級，明年就要升高中，這年齡應該要請得起了吧，想到這裡，柏翰不知道，自己該怎麼稱呼她才適當。畢竟，再過幾年，她就會進入當初媽媽認識爸爸的那個年紀，叫她大姊姊，好像也不會太久了。

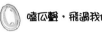

他很想知道微雅今後會發生什麼事，彷彿這樣就可以知道，媽媽在還沒有生下他們之前，都發生了哪些事。

不然，還可以求助誰呢？

據他所知，世界上了解媽媽最多，而且最有可能說溜嘴的，是那個對他們家印象不是很好的琇欣阿姨。

「喏，給你們吃！都削好了，沒有果核。」琇欣阿姨將一大盤芒果往兄弟面前一擺，甜滋滋的香氣撲鼻而來。

庭凱興沖沖抓個滿手，柏翰目視他狼吞虎嚥，自己則客氣挑了較小的一片。

一旁，爸爸和易勝叔叔聊天，邊嗑瓜子，叔叔隨手遞了一支菸給爸，爸伸手擋去，不小心碰落地面，爸撿起來，歸還也不是，只好拿來抽了。

叔叔家很漂亮，最起碼，飯廳、客廳，都是分開的。爸有時候會帶他們過來，不過今天爸的車在修，所以是叔叔開發財車載他們來的。

吃著吃著，柏翰咬到一小片果核，但在阿姨面前不好意思吐出來，畢竟她都說削乾淨了。於是，他硬著頭皮將它吞下，才吞完，琇欣阿姨就起身往廚房走去。有點吞太快了，下次他該遲疑一下才好。

庭凱跟去廚房，問阿姨冒煙的鍋子裡面是什麼。

阿姨說是螃蟹，還說這個季節的螃蟹並不好吃。

柏翰倚在牆邊，偷聽著他們的對話，心想阿姨有可能不是很想分他們吃，才故意這麼說——仔細看，她側頰髮絲低垂，尖尖的，不知摸了會不會刺傷流血？

嗯，很香，他還記得，很久以前曾在流水席吃過螃蟹，那是易勝叔叔和琇欣阿姨結婚時候的一道菜，螃蟹米糕，脆脆的殼，很難剝，但很好吃，那時候他坐在媽媽膝上，後面兩隻大手，小心翼翼將蟹肉餵進他嘴裡，沒想到那麼多事情記不住，螃蟹的滋味，卻銘刻在心。如果沒有螃蟹，他也不可能記得起這一段媽媽的回憶。

後來就沒再吃過了。螃蟹是要花比較多錢才能買到的食物，同樣需要剝殼，瓜子卻很便宜，還可以吃很久，發出的聲音，更是比螃蟹還要聒噪……畢竟螃蟹死了，瓜子還活著啊！況且，有時候瓜子殼裂條縫，也會像螃蟹螯一樣夾住指腹的肉，有次弟弟就這樣被弄哭過。

「庭凱，你讀大班了沒？」阿姨直視庭凱的兔唇，問道。

弟弟聽不懂，猛搖頭。

「爸爸有沒有說要帶你去看醫生？」

「我沒生病啊！」

阿姨嘆口氣。

「你爸那個人，自尊當飯吃，跟他說了多少次去申請低收入戶補助金，他硬說自己不符資格……，還好你們兄弟都像你媽。」她站直，看別處，「她也真可惜，明明就是好女人一個，偏偏遇上你爸。」

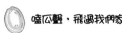

柏翰豎起耳朵，等待琇欣阿姨透露更多……可惜，阿姨打住，不多說了，好像把很多話都吞回去一樣。如果大人肚子裡都裝那麼多秘密，是不是不必吃太多東西，就可以很飽了？

果然，「螃蟹那麼貴，你們自己吃就好了！我還要去機車行牽車。」沒幾分鐘後，爸忙著推託螃蟹大餐的邀請，顯然，如果不是琇欣阿姨在，爸並不會這麼見外。

柏翰的希望落空了……

庭凱好一點，因為沒吃過，不知道錯失了什麼。

爸甚至也推掉易勝叔叔的載送，笑說要他在家好好陪老婆，琇欣阿姨對這句話並沒有好感，從表情看得出來。不喜歡舊事重提的大人，總是有許多早早發生完的故事，那些故事不是糖果做的，再怎麼鬧脾氣也得不到。這很不公平，每回爸問：「今天做了什麼事？」他們總攤出實話，而且三言兩語就交代完畢。好像自己一天的時間，也比大人們來得短。

柏翰希望易勝叔叔和琇欣阿姨可以晚一點再吃那些螃蟹，記得以前好像在農民曆封底看過，螃蟹加芒果會致毒，他也不是很確定，所以剛剛就沒開口了。

回程，他們窩在自強號火車門邊，沒座位。

火車密貼軌道，展開規律的交談，這聲音，像節拍器，有如最神似時間真實模樣的一種聲律。爸爸將兩兄弟小手緊緊牽著，越來越高的柏翰，稍微聞到爸氣息裡殘存的煙硝味，以後在家，可能聞不到這氣味了，他知道爸不想在家抽菸。他就是知道。於是他鬆開爸爸的手，假裝鼻子癢要摳，其實，是為了聞聞手指上殘存的芒果味，他怕被爸爸薰滿菸味的手指握太久，芒果香味會跑不見。

「爸爸，為什麼我們不能進去啊？」庭凱用力跳了一下，看到車廂裡人們排排坐的景象。

爸爸停了半晌，正在想要怎麼回答。

「你很笨耶！」柏翰搶先講話了，「是他們被關住不能出來啦！」

「是喔……」

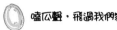

「跟你換位子，我要看那邊啦！」

庭凱愣愣聽話，跟哥哥換了邊。柏翰望著窗外漆黑中，一顆顆亮點像慢速移動的流星，慷慨等候他一次許下很多願望似的。他眨眨乾澀的眼，有點累了，也無心觀賞星海般的夜景。此刻他不過想換到爸爸的左手邊，避開爸沾過菸味的右手……就算沒吃到螃蟹，也可以讓芒果香味在手上停留久一點。

出口處，慶吉將票放入自動收票口，被退了出來。

他這才恍然，久沒坐火車，車站系統不但自動化，也變聰明了。看看時間，原本買了普通車票，臨時想說坐快車早點回家，沒想到這下又要補票了。他掏掏口袋，大略算了一下等會兒修車費多少錢，要是補了票，怕會不夠，偏偏站務員他又不認識，想必沒法放水。

他伸頭看票上原班電聯車抵達的時間，還好只要十五分，於是他拉了兩個兒子，坐了下來。

「爸爸，我們還要去哪裡啊？」庭凱問。

「沒有啊！坐一下。等會兒有一輛很漂亮的火車會經過。」

「真的嗎？」庭凱好興奮。

慶吉避開柏翰的眼神，因為他清楚大兒子知道他們為什麼要等。

他看看小兒子，又疼惜起他嘴上的缺陷了；所幸，那掩飾不住他的天真無邪。

「庭凱，想不想上學？」他忍不住問。

「每天都要上嗎？」

「你不是很想跟那個名叫王什麼硯的一起玩嗎？」

「對啊，他叫做王科硯。」

「上學就可以跟他玩喔！」

「好啊！」庭凱看了哥哥一眼，怕他吃醋，「那我也要跟哥哥玩喔！」

慶吉笑，摸摸他的頭，兩手自然而然將兩兄弟環抱，身子不覺緩緩左右搖晃起來……看起來彷彿，他們有了火車的位子。

隔天，慶吉睡得很晚，醒時，柏翰的被子已經摺疊整齊。庭凱還在睡，呼嚕呼嚕的。他躡手躡腳起身，不想吵醒誰，宛如連早晨陽光都還陪著兒子一起熟睡。這下子，他真的什麼都捨不得吵醒了。

不過，保持安靜的好意，很快就被外頭輾轉傳進來的嬉鬧聲破壞了。伸頭看去，窗外幾個小孩跑跑跳跳，慶吉第一個反應是快步走上前擔心他們出了什麼意外。可是當跨出門外看到那個大人，他心裡不禁咒道：又來了！

「我帶小朋友來校外教學……」春惠擠出顯然練習過的微笑望著他。

滿地陽光刺得慶吉皺緊眉頭：「又是校外教學，你們課本上都沒有花草樹木嗎？」這次一家之主並沒有生氣，一堆話都不太會說的小孩圍攻他的破屋子，就夠他分心的了。

「欸！弟弟，那邊不能進去！」慶吉跑上前將兩個企圖入侵鐵皮屋的小頑童一左一右抱起，繞回老師面前，又不知該怎麼把小孩交還給她。

「放著就好了。」春惠第二個笑容就發自內心了。

「老師妳行行好，這周圍都是山坡，很危險欸！」

「是喔，我是看鐵絲網圍起來了……」她不看他眼睛，替自己找理由。

「我鐵絲網借妳，妳把幼稚園大門封一下好嗎？七早八早跑來這裡校外教學，我還要工作！」

「庭凱呢？」

「小孩子該多睡一點，就像該多吃飯一樣。妳請回吧！改天再請妳喝茶。」

春惠低頭，一鼓作氣，決定先把該說的話說出口。

「徐先生，可以的話，我想讓你兒子至少和小朋友們相處一下。」

慶吉一時沒耐性評斷她的好意，睡醒臉頰繃繃的，或許他該發頓脾氣運動一下臉部，好讓一天可以正常開始。

「一個上午就好了，他該要有這個機會的。」春惠憂心地補上一句。

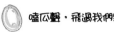

慶吉嘆口氣，視線隨著腦裡的想法回到門邊，卻發現庭凱恰好跨出門檻，瞪大眼睛驚訝著一切。

然後他看到，一抹笑，在兒子臉上綻放開來……

這個表情，是慶吉從未看過，跟得到一顆糖果截然不同的那種歡喜……好像庭凱在夢裡才會有的表情，如果庭凱嘴角揚得更高，上唇的記號，會不會就拉直、消失了？

「王科硯！」庭凱跑去的那個位置，也才讓慶吉知道，那個兒子開口閉口提及的名字，屬於哪個小孩。看著兩個人開心玩起來，如果一個名字，可以讓庭凱玩得那麼盡興，他真希望，庭凱還可以喊出更多小朋友的名字。

慶吉感激地給了春惠一個微笑，不打自招了自己以往有多麼固執。

當他想起該拿個什麼東西招待客人時，腦裡卻只浮現桌上那盤瓜子，想到這，他摀住嘴，聞聞口氣，驚覺自己睡醒至今還沒刷牙……，好老師可真不好當啊！

08 嗑指甲

從此，家裡多出一個小小幼稚園書包。每當柏翰拿簿子要做功課，就會有另一雙小手也有樣學樣，開開闔闔那個他專屬的書包。

柏翰看著弟弟喜悅的樣子，心裡也有說不出的羨慕，他沒讀過幼稚園，更沒想過弟弟可以得到這等厚愛。反正他早也習慣有人比他受寵，年紀介乎爸和弟之間的他，有時候，真覺得自己是三明治裡最不好吃的那一層。

「怎麼又在咬指甲！」斥責聲從廊階傳過來。

跟易勝叔叔聊得正起勁的爸，每當一伸頭監督他寫作業，就要找句話來嘮叨一下。柏翰喀一聲擱下筆，離開椅子，走向垃圾桶。

「你要去哪裡！」

「倒垃圾。」

「廚房的順便。」

他怎麼會忘呢？那個爸爸口中的廚房，離他的寫字桌那麼近，餿味四溢，連早餐晚餐都是和著這個味道一起下肚的。

柏翰將多包垃圾合一、滿滿一袋拖著跨出門檻，穿越踞坐兩側的大人，好似一個君王。稍早叔叔來到，他還鬆一口氣上回螃蟹芒果沒給易勝叔叔吃出事來，現在卻很無奈爸老是要罵他給外人聽。「外人」這稱號是爸自己給易勝叔叔冠上的，這個邏輯有點奇怪，外人有需要幫助他們那麼多嗎？據爸爸的說法，就是因為欠人家太多，以後要加倍奉還。見外這件事，由爸爸用虧欠的紅筆給標示出來，無時無刻自我提醒，有幫助他們的，都算外人。

走沒幾步，柏翰發現庭凱跟在他後面。以往倒垃圾，弟弟很少跟的。

「你回去啦！垃圾車很危險耶！」柏翰皺起眉頭，爸以前都叫弟弟不要跟的。

「我也要去啦！」

柏翰往爸的方向看去，發現爸並沒有喝止弟弟，也許爸真認為弟大到不易跌倒、可以往外跑了吧，就像可以離家上幼稚園一樣。

天色是靛藍的，還沒暗透，他們這區域，管委會訂立的倒垃圾時間剛好在傍晚六點，搞得附近人家都要提早（或更晚）吃晚飯。所幸並不影響世界作息，他們只是地球上一小角落的人。

彎道電線桿處，是居民聊天交流的集散地，同齡小孩互通學校趣事，大家聚個五到十分鐘，只為了等候匆匆停留幾十秒的垃圾車。

毫不意外，弟弟不知被什麼濺髒了上衣，搞得柏翰忙著找自來水救災，免得回家又被罵——，他一眼瞄到一旁邱妙琳家門外水龍頭，可是沒有龍頭開關。

「喂！邱妙琳，水借我們一下！」

「為什麼？你要怎麼還？」邱妙琳甩頭髮，喊過來。

「借一下會死喔！」

「陪我們玩大風吹，再借水給你！我們人剛好不夠。」

「算了，不用了。」柏翰拉住庭凱，「我們走！」

沒想到，庭凱卻站定不動。

「哥哥，我想玩大風吹……」

「你白痴啊！她又不借水給我們！」

「我想玩啦！」

柏翰提頭看看邱妙琳，實在受不了她那副得意的模樣。

正當他思忖著要不要停下來陪這堆小女生遊玩的時候，卻不經意發現，微雅竟出現在邱妙琳家門口，臉上帶著嘲謔的笑意，朝著他們看。

她怎麼會在這裡!?

他先是一愣，轉而故作鎮定，怎麼可以和女生玩大風吹被微雅看到！

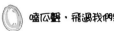

「到底走不走啦！」

「玩一下就好了啦……」

庭凱後退抗拒，柏翰非常生氣，很想用力放開手讓他跌倒。

「我不理你了啦！等一下叫爸爸修理你！」柏翰說完丟下庭凱離去，還瞪了那堆女孩子一眼。

不一會兒，當爸爸怒氣沖沖前來把庭凱拎回去時，大風吹玩到只剩下三個人，其他都被叫回家了。

庭凱被用力抱起，飛快返家，途中聽到爸爸口中叨唸一堆話。當他降落地面的時候，也剛好看見哥哥在罰跪，眼睛紅紅的，兩行淚，易勝叔叔已經不在了。

庭凱起先以為哥哥是因為把他丟在外面，才被爸爸處罰的。後來才知道不是。

「你要不要臉啊！連幾支鉛筆都敢偷，要不是易勝叔叔好心，你早就被扭進警察局了！」

爸爸劈哩啪啦罵著，庭凱的視線，隨著這些話，來到那張寫字桌上，那幾支印滿星星圖案的鉛筆，是哥哥昨天說要送給他的，「開始上學，要自己學著削鉛筆，以後就不幫你削了。」也許由於那幾支筆，削得又細又漂亮，爸才會覺得是哥哥的，而不是他的。

庭凱握起那兩支新筆，收進自己書包。因為那是他自己的。

隔天上課，同學邀柏翰玩，他都愛理不理。

柏翰很久沒有這樣在外人面前被爸爸教訓了，一直到下午，心裡都還很不舒服，繪畫課，他執起蠟筆，朝鉛筆輪廓內範圍著色，心想，如果他沒塗在線內，爸爸會不會又大發雷霆？

從小到大，易勝叔叔總是主動送一些鉛筆橡皮擦給他，這次弟弟上學，他想說給弟弟帶全新的鉛筆到學校去，才擅自拿了兩支叔叔剛進貨的星星鉛筆，就這麼不巧被爸爸看見了！

不就兩支鉛筆嗎？他不知道，自己拿和別人給，有多大的不同——也許真有那麼點不一樣，但也絕對沒嚴重到足可激惱爸爸這樣教訓他一頓！他不知道爸爸在想什麼，長久以來，他一直努力滿足爸爸的要求，可是，每完成一件事，他就會發現，爸爸的標準遠遠高過自己能力所及……久之，他也弄不清楚，這些負荷，究竟是自己去主動攬來、還是爸爸給他的了。

他看看手上的指甲，寬寬短短的，形狀很像腳趾甲，不好看。他注意過爸爸和弟弟的，也都跟他一樣，以前他偷偷問老師，老師回答他，這種寬胖型指甲是遺傳，不需要為此感到自卑，他點點頭。可是，現在想想，會不會因為指甲這麼短，所以什麼事情都做不好、做不順利，家裡因此買不起一般家庭必備的電視機，連電鍋都奄奄一息快要閉上眼睛……唯一活絡的，就是嗑瓜子的聲音，此起彼落，像屋內一角的小人國煙火聲，熱鬧過後，柏翰看到一堆殘破的瓜殼安靜躺在垃圾桶裡，形狀不比咬得支離破碎的指甲好看多少。

所以柏翰總是有意無意握拳，不喜歡給別人看見他的指甲。

放學路上，心情沒有好轉的柏翰手上多了一卷圖畫紙和一個奶粉罐盆栽，格外沉重。然後，「喂！」有人從後面拍打他的書包。

柏翰轉頭望見微雅。他一時之間反應不過來，鎮定了兩秒才回神——微雅並不知道他昨晚被爸爸處罰的事，所以不用怕啊！

「昨晚倒垃圾看到你！」

「對呀！我跟我弟弟。」

「你在跟邱妙琳鬧脾氣呀？」

「妳也認識她喔？」

「拜託！熟到不行。」微雅拾起一根竹枝，朝一隻飛舞的蝴蝶揮動著：「我媽三不五時去她家打牌，都快變她乾媽了！」

微雅還說，邱媽媽跟劉媽媽交惡，所以總與她媽聯手起來在牌桌上修理她，不過惡有惡報，劉媽媽運氣一來，兩人輸到快腦中風。微雅竟這樣形容自己媽媽，柏翰覺得很新奇，好像自己家的糗事被外人知道也沒關係一樣，因為這樣，柏翰也放下心來老實跟她說，自己家很窮，屋子破舊，連電話也跟別人家不一樣，老悶在鐵皮屋裡鈴聲大作……，從微雅滿不在乎的反應看來，似乎，這麼一個粗枝大葉的朋友，才是傾吐心事的好對象。當他們坐下來，那隻蝴蝶就繞著他們的對話飛著。

「喏，給你！」她丟了一個東西給他。

還好沒漏接，「這是誰的？」柏翰張開手，看見一枚水龍頭栓子。

「邱妙琳家的。」

「給我這個做什麼？」

「幫你報仇啊！誰教她不借水給你……，以後有誰欺負你，跟我講，我會幫你處理。」

柏翰忍不住笑起來，這讓他想起巴在微雅身邊的那兩個囉囉。

再掂掂手上頗有重量的水龍頭栓子，第一次有國中生這樣出其不意把東西丟給他接，這讓柏翰覺得自己被當成了一回事，好像他可以熟練應付各種球類，不再是家中那個焦頭爛額、手忙腳亂的小鬼了。

為了進一步擁抱這個想法，他搶走微雅手上的竹枝，在沙土上寫起她的名字：

黃 薇 雅

「你寫錯了啦！我的『微』又沒有艸字頭！」

「女生名字不是都應該要有嗎？」

「誰知道，我很想要，可是我媽不給我啊！」

柏翰想了想，俯身拔起一把草，朝她頭上撒去：「妳現在有了啊！」

「徐柏翰！」微雅甩甩頭，氣得要追，可是柏翰早笑著逃之夭夭。

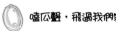

09 脫下郵差服的杰定叔叔

當天吃晚飯，慶吉跟柏翰說，禮拜六要去市區，隔天晚上才會回來：「你在家，顧好弟弟。」短短一句吩咐，只用了兩秒。柏翰點頭，默默把飯扒完，盤內的高麗菜已剩不多，他全部倒入弟弟碗裡，再收拾餐具走向水槽，將水打開，嘩啦嘩啦……

洗著，慶吉也吃完了，從後面走過來，「這個給你。」還塞了東西進柏翰口袋。

「嗯。」簡單應了一聲，柏翰把碗盤一個個洗完，放到抹布上瀝乾，心中其實猜得到爸剛剛塞了錢，只是不知道多少錢。他心裡空猜了一下，如果是一、兩百塊，代表爸還覺得他只是一個小毛頭，要是更多張一百，甚至不同面額，那就是爸已經信賴他可以好好保管很多錢。

柏翰坐到桌前，開始寫作業，儘管手已經乾了，但他一直都沒有將口袋內的鈔票拿出來一看究竟，只覺得褲子熱熱暖暖，產生一份期待，放在心上。

慶吉並未如往常馬上走進鐵皮屋，而是將庭凱抱到膝蓋上。

「那爸爸，你為什麼不來跟我們一起上課啊？」

「爸爸不是老師啊……如果爸爸是老師，你就不用去上學，那也不能跟其他小朋友一起玩了，對不對？」

「嗯。」庭凱似懂非懂。

「那你還希不希望爸爸是老師？」

庭凱趕緊搖搖頭。

看到這幕情景，柏翰禁不住笑了出來。很小聲，但慶吉還是聽到，並本能把視線投向他。

柏翰頭壓得低低，假裝專注寫功課，什麼聲音都沒出。也沒有所謂靜候其變，他如常，安靜埋頭於作業簿堆，就算什麼話都不說，爸也不會多問。「乖乖自己玩喔，爸爸去工作了。」而後，腳步聲就伴著爸爸龐碩的身軀離開了。看著庭凱臉上還餘留著剛剛對答的笑意，他心裡有說不出的羨慕。

直到喀喀聲再度從鐵皮屋內響起，柏翰恍然想到，爸會一反常態，周末到市區去掙錢，正是為了供弟弟上幼稚園的學費。

摸摸口袋，感受那褲內夾藏鈔票的觸感和細微磨擦聲，突然，又不希望爸給他太多錢了。

禮拜六，醒來時，陽光很大，從窗戶透進來。

柏翰惺忪坐起，發現爸爸不在房間。弟弟還睡著，呼呼聲輕息地盈滿整個房間，他爬下床，走出房間，發現爸在外面整理物品，大包小包的。

「爸準備走了。」爸看到他，招呼了一聲。

柏翰有股衝動跑上前用力抱住爸爸……

「稀飯在桌上。好好顧家啊……，爸回來，會帶些好吃的。」

但柏翰終究沒那麼做，

他只愣愣看著爸跨上車，揚起煙塵……然後隨著引擎聲慢慢變小，消失在煙裡，彷彿那些煙，是從爸爸嘴裡吐出來的。而爸爸遠去的目的，正是要想辦法將所有散飛的煙塵收回來……，對呀，收回來，滿滿的一袋，既輕又重，全都是爸爸揮汗持家的明證。

一直沒有機會好好觀察千元大鈔上的圖案，柏翰回房間，打開書包，先確定弟弟還沉沉熟睡，才放心將書包夾層內那張一千元鈔票拿出來。那四個小孩興致勃勃看著地球儀，不知在討論什麼，翻面，是座山，柏翰說不出那山的名字，也不知道是不是自己住的這一座。

八成不是，但他寧可沒人來告訴他真相。

搖搖庭凱，他沒反應，再用力，庭凱咂咂嘴，繼續睡。

「庭凱，起床了。」

「再睡一下就好了啦……」

「不行！起來。」他試著喊出爸會有那種語氣。

庭凱翻了個身，這次一句話都不說了。

「叫你起床聽到沒有！」柏翰一氣，抓起枕頭就往庭凱臉上砸去……

庭凱陡然跳起，開始鬧脾氣了：「幹什麼啦！」

「起床了吃飯啦……」

「爸又沒說我要起床！」

「爸今天不在，你要聽我的。」柏翰用力抓住他胳臂，「起來！起來吃飯——」

「不要抓啦……」

庭凱被他拖下床，嘶聲叫嚷著。

「給我出來！」

「爸……」庭凱聲音轉哀，似乎想藉此耍賴，「我要告訴爸爸……」

可惜爸今天不在。

柏翰氣極，手一鬆，庭凱往後重重跌下，哇哇大哭起來。

整個臉漲紅，柏翰聽不清弟弟那含糊的哭聲究竟是叫「啊」還是叫「爸」，也或許，兩者皆有，這就是「爸爸」身分令世人難以勝任的原因。

他生氣而挫敗地走到椅子邊，負氣坐下，等弟弟哭夠。此時連外頭鳥鳴傳入屋內都顯不易——，弟哭聲之宏亮，讓他不祥預感，可能要等很久了。

直到盤內煎蛋，目測都看得出涼很久，庭凱的聲音才稍稍收歇，轉為斷斷續續的抽咽。

柏翰擱下筷子，起身，躡手躡腳往房間探去。

很不巧，眼神就跟弟弟對撞了。這一撞，庭凱又戲劇性大哭起來，宛如將含在嘴裡準備的哭聲一次吐個乾淨。

「庭凱。」

庭凱不理睬，顧自用力哭著。

「庭凱，要不要吃棒棒冰？」

聽到棒棒冰，突然停下哭聲，取而代之的是半晌好奇的停頓。

「什麼是棒棒冰？」

「棒棒冰呀！就是讓你心情變得很棒的冰啊——」

柏翰衝向前，用力將庭凱抱起，一陣歡笑中，他發現庭凱變重了。

走往商店的途中，變重的庭凱走路也更快了。

但出乎庭凱意料，所謂的棒棒冰，並不在賴老闆的店。柏翰以：「他們店賣的棒棒冰不好吃。」為理由，牽著庭凱往鎮上的路走。原因無他，每次做什麼事被賴老闆看到，不一下子，一定傳回爸爸耳裡。

這段路，每天上課都要走一遍，柏翰習以為常，但對庭凱而言，仍是段新鮮的路程，以前，總是爸爸載他快速通過這段路，很多事物都來不及看清楚，他堆起微笑細心觀察著沿途飛舞的蝴蝶和牽牛花，像提早上了什麼課似的。

「你撿什麼？」柏翰警覺地對庭凱喊去。

「有沙士糖耶……」

「不要撿啦！我等一下買給你。」他抓住弟弟的手，嘗試將它撥開。

「可是我現在就想吃啊……」

「不要亂吃，被下毒都不知道。」

柏翰強行奪走那顆沙士糖，高高丟去——，庭凱眼看著它在空中畫了個弧，遠遠墜落。

「沙士糖……」庭凱喃喃唸著。

「你吃的話，爸就會打你。」

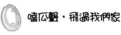

庭凱不再出聲了，一鼓落寞的情緒，籠罩整張臉，這讓柏翰更想快點帶他去商店了。

那是一間郵局附近新開的商店，叫春日商行，「很大間喔！你看到會高興得跳起來，裡面什麼都有。」柏翰形容得誇張，連眼睛都撐得大大的。

「是唷！那有汽水可以喝嗎？」庭凱興奮問道。

「當然有啊，你想吃什麼，哥哥都可以買給你喔……」說這些話的時候，柏翰心裡好歡欣，以往跟弟弟鬧來鬧去，常常就是一起被爸爸教訓，現在終於有機會帶給弟弟愉快與滿足。

今天鎮上人很多，因為是周末，往常那些來來去去、打打鬧鬧的學生，全都換上花花綠綠的便服，快要分不清誰是國中、誰是國小了……

「哥哥，那些是不是你的同學啊？」

經過電動間，庭凱天真地問道。

「是啊！」柏翰搔搔頭，「可是，哥哥沒有跟他們同班。」

「沒有同班也算同學嗎？」庭凱不解。

「同一個學校就算同學了啊！」

「那，我跟你不算同學嗎？」

柏翰不知該怎麼跟庭凱解釋，幼稚園跟小學的不同，正如同，他現在再怎麼用自己的觀點評判國中生，過幾年進了國中，到時，那個環境真實的景況，也一定是現在所認知的。

很可惜，以後進國中，也看不到黃微雅了，他不得不提早幻想那間什麼建築都高出一截的學校裡，旋繞著哪些笑聲和耳語，希望自己日後到了國中環境，還能感受到，那些聲音以另外一種形式存留下來。

「你看！是杰定叔叔耶……」

循著弟弟手指的方向看去，果然杰定叔叔站在麵店前，姿態像在等人。

「哥哥，我們去找他！」庭凱與高采烈拉著柏翰要往前走——

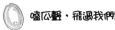

柏翰卻有別的鬼點子：「等等——，杰定叔叔一定沒想到會在這邊看到我們，我們偷偷從騎樓跑過去，讓他嚇一跳，給他一個驚喜。」

「好啊好啊……」

兩兄弟就這樣，悄悄循著一旁窄道，賊頭賊腦埋伏著往麵店靠近，柏翰心裡噗通噗通跳著——，那是間經營有年的老麵店，磚壁瘡痍，老漆斑駁，這麼一嚇，不知禁不禁得住，會不會應聲崩塌啊！

想到這裡，柏翰得費點力氣緊憋惡作劇的笑意了。

「嘻嘻……」

當他偕同弟弟來到麵店，隨著攤位上端煙霧裊散，他倆才發現，變魔術般，杰定叔叔不見了。左張右望，兄弟竟臉露相同的迷惘。

「會不會是躲起來嚇我們了啊？」

柏翰沒回答庭凱這個問題免得自曝幼稚，然而他自己也很知道這個答案。

「有了！在那裡啦——」

話一丟，兩人往前方不遠處跑去，「等等！」卻又不由得停下腳步。

原來，平時溫和斯文的杰定叔叔，臉上掛著飽飽的慍意，怒聲對一個老人咆哮著……

柏翰還來不及聽清楚那些話，就趕忙抓著弟弟躲到牆邊，竊竊觀察著杰定叔叔如此令人訝異的一面。

遠遠的，只聽到「不尊重」跟「獨立自主」這些連庭凱都還聽不懂的字眼，杰定叔叔張牙舞爪的激動模樣，就像吃錯藥似的，跟鄰里熟悉的那個郵差叔叔判若兩人……，難道是脫下郵差服的緣故嗎？

看著那個老人滿臉氣極敗壞，略帶啞澀、卻力不從心的嘶聲還擊，柏翰也分辨不出誰是好人誰是壞人了。

「我們走吧！」柏翰斷然決定。

「我們還沒跟杰定叔叔講話……」庭凱惋惜地嚷著。

「下次他送信過來，就可以看到他了——」

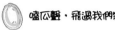

「可是……」

「走啦！」

10 小婦人

杰定叔叔的事，讓柏翰大感錯愕，悶了好多天，但他很清楚，這不是一件該說出去的事。

不管怎樣，他也不能討厭杰定叔叔。或許因為這樣，柏翰把這股亂糟糟的情緒，移到了春惠老師身上。

唉，也不知該怎麼說，自從上回弟跟著路隊一起回家，柏翰看到春惠老師對弟呵護備至，還得到好幾句：「老師好漂亮！」柏翰心裡有點不是滋味，加上有次她

「剛好」碰到爸，才閒聊個幾句，沿路爸就笑盈盈走回鐵皮屋，直到晚餐，笑意還未褪，彷彿春惠老師的笑容，飛到爸臉上，化成一層面具。

為什麼爸爸和弟弟吝於將這些微笑留給自家人？

還是自己天生不得人緣呢？柏翰照照鏡子。

慶吉跨出門幾步，又反悔走回鏡邊理了理劉海，對他來說，往常只有拭汗才會順手做這個動作。

「柏翰，爸出去了。」他丟下話，但忘了順口交代記得煮飯、好好照顧弟弟……之類的瑣事。

瞄瞄錶，時間已快來不及了。三步併兩步邁近路邊，遠遠望到春惠也正趕來，看出步子不穩，被高跟鞋折騰了一大段路……，笑望著她，直到越來越近，兩人眼神交撞，春惠一臉窘樣才慢慢露出。

「看我們兩個這模樣，『準時』開始的講座應該不適合我們吧！」

慶吉只是開玩笑，春惠沒意會清楚，竟一本正經起來：「怎麼會，好不容易鎮公所辦這麼有意義的活動，你一定要去聽聽，人都出來了，不能反悔喔！」

「哈哈……」

可惜摩托車貼身，孤男寡女不方便這樣載來載去。但也幸好鄉公所不遠，如果他們快步走，還是可以準時到達。不過，沿路他們卻越走越慢，聊開了。

慶吉少能跟鎮上的女子聊得來的，特別是妻子出走之後，簡直對世界死了心，隨著孩子成長，肩上扛負的經濟擔子越來越重，連帶嘴角的笑意也慢慢被壓得快要跟路面一樣平。

但春惠讓他笑了。

親職教育講座，並不如慶吉所料想，默默傾聽幾位專家輪番上台演講，累了還可以偷偷打盹……，相反，那些熱情的老師鼓動他們「手口並用」。

「遊戲幫助你拉進與孩子的距離，還可以減肥，一舉兩得，來！大家跟我一起做……」

好一個講座，做的比講的還多，跟著遊戲，他與春惠的肢體互動也多了起來。春惠不是身手俐落的人，上回糊里糊塗將庭凱領入幼稚園就可窺知，只是近來她脾氣好多了，慶吉的腳被她踩了三次，他暗中算過，反正自己也是大老粗一個，遊戲千奇百怪，名字也夠創意，「飯筒開販」、「猜猜我是誰」、連「環遊世界找朋友」都有，兩人手忙腳亂、自顧不暇，被主辦單位誤叫夫妻也就一笑置之了。

儘管遊戲規則記得零零落落，但慶吉還是很高興可以參加這場好玩的聚會，過去從未如此深探鎮公所這幢建築，此番大開眼界，日後騎車路過，該也會對之行注目禮。

由於春惠說要去探探姑媽，簡言之是一個住得很近的親戚：「像《小婦人》，哈哈。」

慶吉笑得僵硬，春惠看出他聽不懂「小婦人」是什麼，末了哥兒們般拍拍他肩膀叫他加油以解除尷尬，這句「加油」加上剛剛結束的講座，就等於家中那兩個小毛頭了……

與春惠道別後，慶吉想說累也累過，去買瓶飲料解渴，不巧就在春日商行遇到杰定，這年輕人還是一副活力四射的模樣，隨時準備躍上馬鞍出征似的。

不當綠衣天使的這段空檔，翅膀都收在哪裡？

慶吉當然沒這麼問，他只是照舊閒話家常起來，順口提及：「庭凱說上周六遇到你？」

「遇到？」杰定狐疑著。

「庭凱說你在跟人『談事情』，所以沒叫你。」

「是噢……」杰定聽完不發一語，頓了半晌，趕忙轉移話題，「你喝什麼？我請客。」

各拿一瓶飲料，兩人一起走到櫃台結帳。

「有空多來走走，他們兩個為了想見你，差點要去買信封郵票了。」

「哈哈，要把我當包裹寄回家啊……」

對慶吉來說，小他幾歲的杰定就像個小老弟，帶點孩子氣，有時候，他還真覺得杰定心智更偏近柏翰那個年紀，還沒跨抵婚姻的分水嶺，天空怎麼看都藍得透徹。

「欸。」慶吉遞了根菸給他，杰定手擋，表示不抽，「不抽啊？老爸教得好。」

慶吉摸出打火機將菸點著，順口又問：「父親哪裡高就？」

又陷入沉默了，慶吉恍然自己問錯問題。只見杰定遠遠望向那間麵店，悠悠吐出一句：「我在乎他過得好不好，有用嗎？」

來自慶吉口中的煙霧，朦朧了遠方的視線。

「他都不在乎我的感受了。」杰定結論般地說：「從來沒有過。」

慶吉點點頭，這種氣氛下，他不懂也得裝作感同身受了。

回頭看看自己，生活中，難解的習題何其多，有好多好多事情，慶吉都還沒找到適宜說法來應對未來兒子們勢必會有的提問。諸多繁務都分身乏術了，這類遙遠的假設，還得堆在好多問號後面，庭凱開始上學了，面對同學對其兔唇的疑問，慶吉還得如履薄冰去將大問號攬過來掛在自己肩上——，唇顎裂手術費用呢？上哪籌、怎麼還，又是讓他寢食難安。

天暗下來，菸也抽完捻熄，簡單道別後，慶吉發現自己染上杰定哀愁的情緒；好在只是淡淡的，沿路回家晚風一吹，好似又不見了。

11 葵瓜子

這幾天，爸爸煞有其事開始整理屋子，連冷落牆角許久的拖把也加入陣局。

「這叫大掃除。」柏翰對弟弟說，可是卻回答不了弟弟反問的：「為什麼要大掃除啊？」

對啊！為什麼呢？有客人要來嗎？

爸爸給了柏翰一張百元鈔票，要他去雜貨店買瓜子，「葵瓜子。」爸爸特別強調。他不知道什麼是葵瓜子，但只要逐字讀出，賴老闆就會拿給他了，從小到大，柏翰都是這樣熟識那些瓶瓶罐罐名稱的。

「原來這個叫做葵瓜子。」一回家路上，他和弟弟盯著那包葵瓜子看，好像那是什麼稀奇珍寶。其實，以前也不是沒看過，而是從來不知道這種瓜子，也有它自己的名字。

葵瓜子形狀像水滴，有一條條的紋路，像藤椅上剝落的一枚屑塊，一點都不好看，糟糕的是，不但不好看，也不好吃，硬硬帶有苦味，瓜殼嗑起來更沒有黑瓜子清脆作響的爽快。

那為什麼要買呢？

爸爸撕開包裝的時候，一顆葵瓜子掉進整盤黑瓜子的中央，顯得格格不入，像隻昆蟲短暫棲息，隨時會飛走似的。等到爸爸小心翼翼將盤內瓜子均分兩半，柏翰恍然大悟，爸也不過想把瓜盤裝飾一下。

答案揭曉，是春惠老師。

還好她進屋的時候，家裡都已打掃乾淨，空氣瀰漫一股香皂的氣味，如果她聞得慣，下次就會願意來。

滿頭大汗的柏翰聽從爸的指示，去端來一杯水，邊想著爸爸大費周章招待這位老師，用意是什麼？

在春惠老師啜了一口茶之後，柏翰避開她丟來的善意眼神，逕自坐回不遠處的寫字桌，假裝寫作業，邊偷聽大人到底要談什麼。

慢慢柏翰發現，其實也沒聊什麼國家大事，話題除了家裡種種，大多還是圍繞著弟弟的表現打轉，也難怪弟弟得意地一下子爬上爸爸膝蓋、一下子繞到阿姨身邊玩弄她的手錶，彷彿希望把美好時光撥停於原處。他們三個看起來就像一家人。

爸爸難得顯現出他熱切的一面，戰戰兢兢營造屋內的美滿氣氛，突顯出他有多在意這位老師的來訪，比起話不投機的琇欣阿姨，今天這個客人，可說是充分印證了爸還是可以跟成年女子暢談無礙的。

春惠臨走前，走到柏翰身邊，問道：「在寫功課？」

「嗯。」他點點頭，並沒有將頭抬起。

「有沒有不會的？可以問老師啊！」

「不用了，我數學都考九十幾分。」

春惠嗯了一聲，嘴裡卻含著另一句話，不知怎麼說出口。

柏翰埋頭刷刷寫著習題，慢慢感到不耐。

「你握筆的姿勢不太正確喔……」她終於脫口而出。

「嗯，可是我字都寫得很漂亮啊！」其實，柏翰將拳頭握得死緊，是不想給外人看到他寬胖的指甲。

春惠有點洩氣無法跟年齡稍大的學童溝通，轉而順手攤開一旁的畫紙，看著柏翰的美術作品：「你畫的嗎？」

這次柏翰就沒應聲了，只點了頭。

「柏翰，老師在問你話！」慶吉帶庭凱上廁所回來，剛好望見這一幕，立刻板起管教的臉，聲音響徹整個屋內……，爸爸變回了爸爸。

「對，是我畫的！」柏翰將畫紙一把抽回，春惠失措縮了手。

「對不起，小孩子不懂事。」

「沒關係。」

春惠老師很懂得安撫爸爸的情緒，想必幼稚園那些家長對她印象也都很好。兩人又寒喧了幾句，走向門邊，跨出門檻。

他們的背影讓柏翰突然想到，爸媽當初結婚的時候，是什麼模樣。

隔天，老師託庭凱拿東西給柏翰。

「拿這個給我做什麼？」

「老師說，鉛筆要從中間這個洞穿進去。」

柏翰看著那個握筆器，感到啼笑皆非，拉開抽屜，輕輕將它掃入冷宮，關上。

庭凱挨到哥哥身邊，觀察他握筆的姿勢，自己也握起一支筆，對照兩人拿筆的方式，有什麼不同。但最後，他察覺自己與哥哥最大的不同，就是自己無法像大拜拜一樣，把好多本書席擺桌面，就算他偶爾埋頭連連看或數一數，也沒辦法像哥哥一樣那麼專注而絞盡腦汁……，除非他長大。

他把哥哥的書拿一本翻開：「哥哥，這本是什麼啊？」

「這本是解答……」

「什麼是解答？」

「國語習作、數學習作的習題答案全都在裡面。」

「所以你都是抄裡面的嗎？」

「才沒有，我是拿來對答案啦！」

庭凱點點頭，看看內頁，有一題讀後心得，答案欄只寫了一個字：略。

「哥哥，這個字怎麼唸？」

「略。」

「什麼是『略』啊？」

柏翰嘆口氣，不知該怎麼回答，他將頭轉向弟弟：「庭凱，你看我的嘴巴。」

「嗯。」

「略～～」柏翰吐舌頭對他扮了鬼臉。

「哈哈……」庭凱大笑出聲，

「所以啊！解答回答了那麼多問題，也會覺得很煩，就要賴不想回答了。你再一直煩我，我也會對你『略～～』。」

庭凱大樂，覺得哥哥好好玩，他用力抱住哥哥的腰。

「走開啦！」

庭凱越抱越緊，笑叫著：「略～～略～～」

「我要打你囉！」

柏翰抬高手，庭凱手沒鬆開，瞇眼睛閃躲……

他當然不會打弟弟，也正好想起微雅那個油漆刷臉的懲罰，他索性對弟弟的臉刷了六下：「刷刷刷……刷刷刷……」

第一次被刷臉，庭凱更樂了，他用力揍了哥哥肚子一拳，然後笑著跑出門。

「噢！」柏翰抱住肚子，跪坐地上，痛。

庭凱以為哥哥會追上來，越跑越遠。

不一會兒，爸爸一跨進門，就說要帶他去看醫生。

趴於桌前的柏翰無力地揚起頭，半信半疑。

車子來到醫院前，弟弟跳下車，往大門跑去。

「走快一點！」爸催促柏翰。

很奇怪，掛的是眼科，柏翰摸摸臉——眼睛沒有怎樣啊！進到診療室，爸跟醫生講了幾句話，護士不囉唆，拿來幾張圖卡，要柏翰念出上面的數字。

「弟弟，這是什麼字？」

「我知道，這是2！」

「噓！」爸爸對庭凱使了嚴厲的眼神，要他安靜。爸難得對弟這麼凶。

護士換了一張，刻意傾斜角度，不給庭凱看到：「那這張呢？」

「16。」

「這張？」

「35。」

收起卡片，護士說：「徐先生，你兒子的色彩辨識能力沒有問題。」

「怎麼可能!?他明明就……你們再弄清楚一點好不好！」爸臉上一副不以為然的模樣，眼看就要發怒……柏翰見狀也不知所措起來，他真的不知道，為什麼爸會突然帶他來這裡。

「先帶他去做視力檢查，看看他有沒有近視好了。」醫生將護士和柏翰支開，還摸了摸庭凱的頭，「小弟弟也帶過去。」

診療室剩下慶吉和醫生兩個大人，氣氛緊張起來。

「徐先生，你兒子真的沒有色盲。」

「奇怪，只是要求你們再確認一次，有那麼難！我不是付掛號費了嗎？」

「現在小學都有健康檢查，如果早沒檢查出來，為何你認為他現在會有？」

「因為——」慶吉一股怒氣悶在心裡，不知怎麼把原因說出口，「你們醫生就是這樣！自以為了不起，算了！我去別家！」

慶吉說完，轉身要走，卻被醫生喚住。

「對了，徐先生。」

「怎樣？」

「關於你的小兒子……我只想提醒你，唇顎裂應該及早治療，以免——」

「以免什麼!?」慶吉不客氣地打斷，「那是我家的事，用不著你來操心……」

雙手一左一右把兒子們用力拉離醫院，沿路，為了忍住鼻酸，慶吉以舌尖用力抵住牙齦。他確知這麼做一定可以教兒子正確發出哪個英文單字，只是，這個家一直讓他心煩意亂，要怎樣，才能找到那個為人父的正確發音呢？

「柏翰，你上次是不是畫了什麼東西！」一回家，心浮氣躁的慶吉劈頭就問。

「你說繪畫課嗎？」

「我不知道，反正你把最近畫的美術作業拿出來就對了！」

柏翰感到奇怪，怯怯地走去拿出前幾天學校畫的一張圖。

慶吉一把抓起，攤開，臉上閃現一陣不悅：「你說！為什麼裡面三個人嘴巴都是綠色的？害春惠老師還以為你是紅綠色盲，多丟臉啊！」

柏翰心裡感到很害怕，不知該如何說實話，也不知道，說了實話，爸爸會不會更生氣。

「你說啊！」慶吉將畫紙翻面，看到這張圖的題目，更生氣了：「我的家？——你的家那麼窮啊！爸爸有讓你們吃樹葉嗎？」

「爸，那是因為易勝叔叔——」

「還易勝叔叔!?」慶吉打斷：「爸在叔叔面前教訓你有什麼不對！你不高興什麼？」

「不是啦，爸……」

「你要筆，爸什麼時候說不買給你了——易勝叔叔幫了我們那麼多，還他都來不及了你還多拿，害我難做人……爸也不想一直麻煩人家啊！你以為爸看不出琇欣阿姨不喜歡我們啊？」

慶吉說著，眼睛越來越紅，因為憤怒，更因為傷心。

「我們家再窮，爸爸對你們再凶，有沒有哪一餐是讓你們餓到的？柏翰，你說啊！為什麼要把我們一家三口的嘴巴畫得跟怪物一樣？」

柏翰臉上爬滿了淚，他知道，就算跟爸說紅色蠟筆早被易勝叔叔不小心踩碎，爸照樣會質問他為什麼不改用橘色蠟筆……，也或許解釋什麼都沒用，爸最生氣的，是讓春惠老師看笑話了。

嗯，笑話，自己是家裡的一則大笑話。

「為什麼要做出那麼讓爸爸失望的事？」慶吉垂下頭，發現庭凱躲在角落面露懼色，或許他才是最無辜的……「算了……沒媽媽在，本來就不必對你寄望太高，隨你去了，如果你那麼不想看到爸爸，就進房去吧，晚飯不用你煮了。」

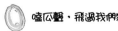

柏翰知道，反正現在他說什麼話，爸都聽不進去了。回房間剛好，那是屋內唯一的隔間，關上了門，還可以把眼睛緊閉，隔出兩片瓜子殼的距離，暫時不必理會那麼多了。

慶吉看房門在眼前輕輕闔上，那一聲喀，在心裡盪出了迴聲，也更無力了，他帶點顫抖，慢慢坐下來，手本能摸向桌上的瓜盤，開始嗑起瓜子。清脆的嗑瓜聲，取代了剛剛的父子爭執。現在，就算慶吉嗑開瓜子、露出完完整整香脆果仁，也不知道，瓜子的心到底到哪裡去了。

「爸爸……」庭凱怯怯走到他身邊。

「嗯？」

「爸爸，其實哥哥畫的綠綠那個是菜……」

「喔，你怎麼知道的？」他努力不讓眼淚掉下來。

「我知道呀，他上次說你炒的空心菜很好吃。」

慶吉感到欣慰的微微一笑，將庭凱抱上膝蓋，捏捏他的鼻子：「可是你不喜歡吃菜，嘴巴怎麼也綠綠的？」

「因為……因為我吃的是芭樂啊！外面的芭樂已經掉下來了！」

庭凱笑笑指著窗外。他指的那個方向，風正吹進來。

12 急凍人

「真是有夠機車！她如果到國中去教，一定會被我們整慘！」

微雅嚼口香糖的嘴巴把這句話說得格外苛薄，接著她以打火機點起火，燃燒手上的握筆器，一股塑膠臭味漫開來。

「臭死了！妳不要害我等一下被我爸罵！」柏翰推她的手一把。

「送你！」微雅將握筆器往他身上丟。

「欸！」柏翰跳離椅子，差點摔倒。

微雅站起來，吹起一個泡泡，跳舞般踱了客廳一圈，順手咚一聲敲了後門一下，再把破掉的泡泡吃回去，說：「你家真是有夠爛耶，連電視機都沒有……你果然沒有說謊，真是好孩子。」

比爛竟然可以得到誇獎，柏翰不知該哭該笑：「那妳想看看沒有馬桶蓋的廁所嗎？」

「聽起來還是不要比較好，免得做惡夢……哇！還有蟑螂屋啊？你家是昆蟲帝國喔？有沒有蚊帳跟蒼蠅拍呀！」

「蚊帳有啊！蒼蠅拍要找。」

「還真的咧……，欸！你不要以為這樣我就會可憐你喔，下次玩海帶拳輸了照樣會彈你耳朵！」

「那妳輸了怎麼辦？」

「我有不給你彈嗎？」

「我不要彈耳朵！」

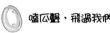

「那……」微雅揚起邪惡的笑，「那我幫你報仇好了。」

「報仇？」

「給你弟的老師一點顏色瞧瞧啊！」

「不要吧……」柏翰面露遲疑。

「你爸對你這樣，你還怕他啊？」

「我……」是因為怕爸爸才說不要的嗎？柏翰也不知道。

「他什麼時候回來啊？我倒想見識他到底有多凶。」

正當柏翰皺起眉頭，弟弟突然出現在門邊：「哥哥！」

「不是叫你不要進來嗎！」他朝弟弟吼去，很不希望他靠近。

「我種的瓜子發芽了耶！」

「噗！」微雅噗哧一聲笑了出來，「從他嘴巴講出來的話，果然不一樣……」

「喂！妳說話不要太過分！」柏翰罵完微雅又趕緊驅趕庭凱，「庭凱，出去外面玩！」

「好啦，開玩笑的啦！這麼怕我跟你弟講話啊？我又不會吃人。」她說著，伸手撥了撥瓜盤，「怎麼都沒有花生啊？你們家窮到連花生都買不起？」

「花生有比較貴嗎？」

「起碼比較大顆啊！不像瓜子，扁扁的，一吃就沒了，剝殼很累耶！」

柏翰思索起她的話，乍聽有道理，又像在耍嘴皮子。

「轟！」屋頂鐵皮又被風吹得不安份起來……好大一聲像打雷，柏翰本能起身朝屋外喊去：「庭凱，別亂跑喔！」

「你又要他待在屋外，又要他別亂跑——當你弟弟真可憐！」

「不然咧？他一進來我們就不必聊天了！」

「我們可以去外面啊！」

「不行，妳是客人。」

微雅看他認真，不禁笑了出來：「好啦！那我想辦法讓他乖乖不動好了。」

「什麼辦法？」

一會兒，手提神秘紙袋回家的慶吉，望見庭凱，疑惑問道：「庭凱，你在幹什麼？」

「我不能動了。」他站定原地，一動也不動。

「不能動……，為什麼？」

「我被急凍人射中，要等哥哥來救我。」

「急凍人？」慶吉更納悶了，「哥哥呢？」

「裡面。」庭凱不動的說，連頭都沒有轉。

慶吉朝屋子走近，嬉鬧聲傳來，他揪緊眉頭，看到一個國中女學生邊跑邊丟瓜子。

「喂！妳是誰啊？」

「呃……」微雅傻眼，往另一邊求救地看去，柏翰正從那邊跑過來。

「爸，她是黃微雅。」

「黃微雅？」

「她是我朋友啦！」

「你朋友？」慶吉不客氣地從頭到腳打量了她一遍，「不用上課啊？」

「她——她今天感冒。」

微雅聽了蹙眉頭，緩緩望向柏翰。

慶吉有點生氣，突然又嗅到一股氣味：「不是不歡迎妳來，但是我們家裡面不准抽菸！——好啦，柏翰，去做功課。」

柏翰、微雅對看一眼，竟露出相同的表情。

「我先走了，書包還在學校。」微雅眼看沒什麼好玩了，聳聳肩，往屋外走去。

「等一下！」慶吉追上去。

微雅轉頭，慶吉對她說：「妳上次是不是請柏翰吃冰？」

「對啊，檸檬冰啊！」

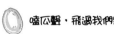

「原來就是妳……」慶吉掏出十塊錢銅板給她，「錢還給妳，下次不必了，我們家並不是吃不起。還有，愛翹課，那就不要來我們家！不然我會打電話叫你們學校來處理。」

微雅臨走前，笑笑給了柏翰一個眼神，暗示沒關係，因為她看出柏翰很緊張又不敢作聲。

「以後少跟這種女孩子在一起……」慶吉心情被弄得很糟，邊進屋邊說。

「為什麼？」柏翰這才生起氣來，追上去。

「還為什麼!?那你要不要說說看自己跟一個國中女生坐在雜貨店前面吃冰像什麼？傳了好久才傳到我耳邊，把我的臉丟光了！」

「又是春惠老師跟你講的嗎？」

「你皮在癢了！關春惠老師什麼事！」

「那個袋子裡的東西不就是她的嗎？幼稚園現在都下課了，你又為什麼要往那邊跑！」

「柏翰，你討打是不是！」

「我沒說錯啊！為什麼你可以交朋友我就不能交朋友……」

慶吉正待發作，屋外卻傳來庭凱微弱的呼救聲：「哥哥……」

氣頭上的父子倆趕忙往外跑，一探究竟。

「哥哥，可以解凍了嗎？我想尿尿……」

於是，急凍人解救了他們的下午。

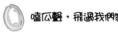

慶吉後來嘴巴說自己沒心情做飯了，三人載去外面吃，摩托車卻在雜貨店門口停了下來，因為幼稚園的電子琴只有賴老闆會修，「賴老闆以前是做電子的。」他回答了庭凱的提問。

賴老闆跟爸爸，話不多說，一來一往間，多數時間只用眼睛對談，顯然帶兩個小孩隨行，是怕尷尬，證明柏翰之前對兩位大人有過節的揣測，確有其事，柏翰是站在爸爸這一邊的，他趁大人不注意狠狠瞪視賴老闆，誰教他到處亂講他跟微雅的事！他不知道弟弟有沒有看懂，不過照這樣下去，弟弟遲早還是會懂。

臨走前，爸爸帶走一瓶醬油、一包瓜子。

賴老闆突然說：「最近景氣不好，下次不能再讓你這樣拿了。」

慶吉一愣，又不想反應過大驚動孩子，於是叫柏翰先帶弟弟出去外面等。

柏翰和弟弟踞蹲外面，隱約聽到賴老闆保證會慢慢還錢給爸爸的事，他不希望弟弟聽到，所以兩人玩起抓手指的遊戲，一根食指抵在另一人手掌下，數到三，才能閃，這個遊戲三個人也能玩，而且更好玩，可是他還是笑很大聲，說了很多諸如「哈哈！你很笨耶。」的話，把雜貨店裡的交談聲蓋過。那些談話的內容，連他自己都不想聽到。

等到弟弟的視線愣在前方一個男人的腳上，柏翰才發現，杰定叔叔站在前面，笑眼看著他倆，只是身上沒有制服：「不記得我了啊？」

「杰定叔叔……」庭凱上前抱住他的大腿。

柏翰很想問，那天跟杰定叔叔「談事情」的老年人是誰，但及時忍住，改口問：「叔叔，你今天沒工作啊？」

「叔叔下班了啊！」

柏翰感到很奇怪，因為公務員都時間到才能下班。經過杰定解釋，他們才知道，原來他是約聘的郵差，送完信就可以下班。而且，他不會做這個工作很久。

兩兄弟聽了，立刻哀聲挽留起來：「叔叔，你不要走啦！」「對啊，不然我們會很無聊耶……」

慶吉聞聲跑出來，發現是杰定，他鬆了口氣，剛好幫他解圍，慶吉拿出兩百塊，請他先帶兩個小孩去附近吃飯，他談完正事晚點再去跟他們會合。

只是，慶吉一到，碗盤裡的東西都吃到精光了，只剩一攤攤的醬汁，這情景對比自己手上那瓶醬油，突然變得很好笑，偏偏他已經疲憊得笑不出來了。還好，

「我家就住附近，一起來坐坐吧！」杰定很好客，因為送信到每戶人家，他都像個客人。

杰定的家，不大，但一個人住，算大了。這裡有個徐家沒有、但是用點心還是可以培養的好習慣，那就是乾淨，當父子三人往閃閃發亮的地板看去，那劃一的低頭，就像慚愧反省。

「脫鞋子！」慶吉一聲令下。

「不用了，我自己都不脫的。」

他們更狐疑了，那地板是怎麼亮晶晶的呢？

杰定端出一些餅乾給他們吃，庭凱抓起塞個滿嘴，「哇！」一聲，叫了出來。大家起先以為是因為巧克力口味很好吃，不料庭凱接著說：「好漂亮喔！」

順著庭凱眼睛的方向看去，一個巨大窯瓶，巍峨地座落在客廳一角。

兩個孩子上前，好奇地伸手劃著那古典風的窯瓶，小心翼翼，上面有魚有花，圖案很漂亮，任誰看了都知道千萬不可以打破。

「這去哪裡買的啊？」

「笨！這是古董啦！古代都是用這種瓶子。」

杰定聽了，笑說：「這是我自己燒的啦！我們家以前是燒窯的。」

「哇！沒想到你還有這項專長啊！」原本心情不是很好的慶吉也打起精神。

出乎意料，杰定並不覺得這是自己的專長，他臉色一沉，說自己做得並不夠好，從小學到大，再怎麼努力，永遠只有被嫌棄的份，做的遠及不上自己師父給他的標準……他喝了一口茶，退到屋內一角，作出一個看起來像他往常沉思的姿勢，沉重的氣氛當場滿溢屋內。好像，他臉上神色隱約透露出來的故事，也解釋了他何以喪失信心，逃逸到這個偏遠的小鎮，躲進郵差這個身分裡。

大家面面相覷，不知該說什麼了。

杰定打開電視，聲音熱絡轉動，打散了尷尬氣氛，庭凱精神奕奕盯著螢幕上的卡通，沒多久卡通播完，新聞節目又滿足了爸爸與時事交涉的需求，銜接得恰恰好，爸爸和弟弟，一向和諧融洽，少有衝突。

柏翰摸摸肚子，剛好想上廁所，反正他從平和氣氛裡走開，也不會有人過問。

廁所內，他看到了一般人家裡都有的東西，馬桶蓋，每次他開開閤閤這個不常使用的東西，總是小心翼翼，怕給人家弄壞了，稍早微雅說的那句：「你們家窮到連花生都買不起？」再度回到他耳邊。柏翰謹慎地爬上，坐好坐穩猶如乖乖上課，他喜歡蓋緣貼上大腿、又滑又涼的感覺，很舒服。如果這一開一闔的如廁方式，可以出現在家裡，那他就不會那麼討厭上廁所了。不過，還是有點怕，他一邊大，一邊祈禱馬桶蓋別從後面蓋落，突然，他覺得自己像一顆超大瓜子裡蹦出來的巨大小孩。

13 彈珠與淚珠

最近慶吉顧彈珠台，總是魂不守舍。一不小心，就多送了沙士糖給小孩子。也不知有意還是無意，總之，他掛著笑，心情卻稱不上好。

總有些來路不明的失落惆悵，會排隊來到他臉上，只因心繫著一個人。不過也剛好，夜市小販是種務必頻頻輪換表情的工作，它不像一般店員，只要堆起微笑、或板著臉，日子照樣過。

人群梭流，他得勒緊神經隨時留意客源，更要迅速將四目所及的面孔歸類一番，所有路人都可能成為下個顧客，牙牙學語的、吃飽擦嘴的……，再準確善意招喚客人，常常位子就這樣滿起來了。很多時候，彈珠攤位就像個托兒所，大人將小孩丟下就不知跑哪去了。

近來，他更懂得向春惠看齊，當個對小孩子懷有愛心的「老闆」，有時是彈珠台，有時是套圈圈，慶吉練就一身搞定小孩的功夫，當然，除了柏翰。

想著想著，居然人就到了。

「咦，慶吉……」春惠的聲音，「我差點忘記，你就在夜市工作。」

慶吉喜出望外，又猛然意識到自己失態：「是啊，反正晚上也沒事。」

「兩個兒子沒來？」

「在家寫功課，」慶吉笑，「不能讓他們過得太好。」

「嗯，謝謝你上次幫我修電子琴啊！」

「沒什麼啦，舉手之勞……」

她視線本能落向一旁小孩手上的牌尺，「喀！」一聲，她看著彈珠彈向密密麻麻的圓頭釘，滾下山坡，險象環生，卻又「喀！」一聲，終究找到家。

看到春惠笑，慶吉也不自覺揚起嘴角。

「妳一個人來啊？」

「不是耶，我陪姑媽來。」

「哦——，就是那個姑媽啊！」慶吉不知怎的，不安起來，「瞧我穿的……」

這讓春惠也不禁失笑了。她心想，慶吉如果想給姑媽好印象，還有近在眼前的活道具「小孩子」可以用，對他們親切和藹一點就好了！

其實兩人好像也沒到該謹慎應對雙方長輩的地步，但也杞人憂天得很有趣就是了。

好在他們之間有個庭凱可以聊，春惠一提起教育經，興致勃勃、神采飛揚，甚至忘了慶吉同時得張羅生意，只見他笑臉盈盈，雙手對不上眼睛的步調，卻也不亦樂乎。

「妳跑哪去了？春惠。」一個聲音過來了，沒別人，正是姑媽。

「喔，遇到朋友。」

「小朋友的爸？」姑媽以嚴正的眼神打量他。

「對啊……，碰巧遇到。」春惠匆匆對慶吉眨了一下左眼。

他趕忙附和：「對啊對啊，這地方小。」卻不懂她在眨什麼勁。

「叔叔，我打中八格。」

周圍還是很吵，姑媽趁慶吉招呼孩童當兒，附耳對春惠叮嚀：「妳媽叫我看好妳，交朋友可以，其他可不要亂來。」肯定嗅到了些什麼氣息。

春惠碰不到適當時機順提「單親家庭」一詞，與慶吉雙眼對撞瞬間，就不巧將姑媽的話透過眼神傳過去了。

只見慶吉一臉失措，藉故整理旁邊的獎品。也不多，就蘆筍汁、糖果包、巧克力棒……，摸過一件又一件久置的零食，手上沾滿灰塵，拍一拍，彷彿又回到了自己始有的狼狽。

好在春惠主動解除了慶吉的這份自卑：「別理她！」離去前，春惠及時臉露俏皮，用誇張的唇語對他說，「其實我是故意過來的。」

她說的應該是這句話吧！

慶吉不敢說百分之百確定，但猜下去似也沒什麼助益。

他將笑容重新還給顧客，而且起勁得多。稍晚，當人潮越來越稀疏，對面易勝的套圈圈攤位，生意也慢慢露出疲態，遠看去，只剩一位男子慢條斯理，彷彿猶豫著該為一旁稚子挑選哪個目標。

最後面的泰迪熊玩偶，太遠，丟了幾圈，始終未中。他停了一下，將目標轉向周旁難度較低的小裝飾品……

看著，慶吉也暗暗為他祈禱起來。

然這時一個小顧客轉移他的注意力，慶吉分身招呼幾句，再往對面望，男子已不在原處了。

慶吉心中悵然，陷入沉思，滿腦子都是春惠，還有逐秒流失的時光，「現在不做點什麼，以後庭凱幼稚園畢業，還有機會看到她嗎？」趨緩的喧嘩聲，將這類盤旋腦裡的問句，慢慢沖刷到清清淡淡，淡得僅剩他初有的愁。

心中還是有點高興此鎮就那麼小。小得不論刻不刻意，都還是可以碰面。

充滿轉機似的，剛剛失去蹤影的那位父親，帶著小孩來到了彈珠攤位，付完十塊錢，拿起牌尺開始碰運氣。慶吉心想，或許將「一局十元」的牌子拿掉，他就可以跟顧客有更廣泛的交談。

「喀！」一聲，比賽開始了。

嗯，包括慶吉的。他暗自在心裡下了注，如果這個小孩打滿九個格贏得籚筍汁，他就要好好抓緊機會，將春惠變成自己生活中，更重要的一個人。

大雨滂沱，刷啦刷啦的。

杰定撐著孤單一把綠傘，躲在巷角，仰望一幢住宅。心中盤旋不止的思緒，擴延了他保持安靜的時間，隨著雨，溫度越來越冷，鞋子也濕透，路人行色匆匆，杰定卻一動也不動，默候雨停般，兀立著。

終於，杰定的視線隨著遠處情景，慢慢有了變化，那名老人下了樓，摸摸口袋，來到豆漿店，想買點東西。杰定提腿，有股衝動欲向前奔去，然而，雨柱豎然，如牢將他圍困，杰定動也動不了。

爸有多久沒做陶藝了？

雨這麼大，心底那個窯房，也隨著記憶緩緩飄遠、失溫，快要記不起初始的模樣了。

傘上，是叮叮咚咚的急促雨粒，彷如唰唰響動的釉藥，爸，那雙粗駁的手，驅策著他盡速配釉：「要燒窯了，你怎麼還沒弄好!?」粗啞的斥責聲，穿梭於悶熱窯房內，杰定小手開始打抖，「不行，要穩住。」他告訴自己，並心中默念一遍爸厲聲叮囑過的，濃稀要掐好，上釉後一旦形成的釉層太厚或太薄，燒製結果也會受到影響，「到時無法燒出正確的釉色，我看你也不用學了！燒出來的那些垃圾全部拿去丟掉算了。」爸的聲音，穿越雨縫，朝他耳畔重擊。

好多年過去了，昔日那一聲痛過一聲的斥罵，悠悠流進心底的縫隙，生了根般難以拭除。

他抓起抹布，用力擦拭桌上那塊不知名的汙漬，眶內淚水轉啊轉，要他分不清，那塊漬，究竟是焦黑的燙跡，還是心底除拭不去的卑微與恐懼了……

好久好久，爸還是未從豆漿店裡走出來，杰定想，或許，也無須等候下去，畢竟，那句想對爸說的話，還沒來到舌尖。

他感到喉裡哽著一塊辛酸，上面閃現油亮的墨綠色，爸最偏愛的一種釉彩，只是，如何調配出符合爸眼中標準的墨綠，杰定始終沒學會。

他只是佇立綠傘下，緊抿嘴唇，緩緩移動腳步，踩水離去。

14 大餐

看得出自從爸爸和春惠老師建立起了友誼，就很急著把她一一介紹給周遭人認識。爸爸不在家時，柏翰想，春惠老師那一邊，是否也做著同樣一件事。

想到這裡，柏翰就會關進房內，將頭埋入棉被裡。可惜，房間並非他所獨有，弟弟會進來，爸爸會進來，人一多，房間相對更顯狹小，別人想再進來也沒辦法了。

禮拜日，葛先生要結婚，那場流水席，大家都會去。慎戒的爸爸，不知從哪裡翻出從來沒看過的西裝，煞有其事試穿了一遍，還對鏡子擠出一個令人費解的笑，搞不懂，新郎又不是他！

可想而知，當天一早，柏翰和弟弟穿戴整整齊齊，頭髮也被梳子來回順了好幾次，變成「小型」的爸爸，連柏翰那件褲子也看不出是學校的。

當然，這也不一定能瞞過每個人，琇欣阿姨一見到柏翰開口就說：「柏翰，你褲子怎麼還沒換？」爸還窘了一下，不過，阿姨也是好意，她今天笑容比較多，是塗口紅的關係嗎？

看著難得大家笑咪咪的，柏翰的心也飛向流水席的螃蟹米糕去了。

可惜好事多磨，「怎麼這樣呢？」摩托車咳了幾聲，不再作響。臨時拋錨，沒辦法去載春惠老師過來一起出發，爸爸緊張起來，眼神求救的朝易勝叔叔望去。

「我跟你先去載她吧！——琇欣，妳先留在這裡陪小孩。」對很怕太太生氣的易勝叔叔來說，當機立斷講出這幾句話就夠他掙扎了。

琇欣阿姨勉為其難笑了笑，表示同意，果然，口紅是有定型作用的。

這是兄弟倆第一次和琇欣阿姨獨處。

反正這類載送大風吹，本來就很容易找不到空位，搞得大家焦頭爛額、氣氛緊張，也見怪不怪。但是，柏翰腦裡的煩惱，落在更遠的地方，等一下，前往婚宴路上，前座一定擠滿兩個大人兩個小孩的壞情緒，而發財車後面車斗，爸爸和春惠老師迎著徐風，臉上表情與世事卸去關聯，舒爽得越飛越遠。

過完今天，明天一切都要改變了。

「柏翰……」

「嗯。」

「你發呆啊？」琇欣阿姨拿出面紙拭了拭矮凳。

「沒有，阿姨，妳要不要喝水？」

她微笑搖頭，看著遠處庭凱往一株草細心灑水：「庭凱什麼時候入學啊？」

「放完暑假讀一年級。」

「時間過得真快。」阿姨有感而發，「那時候，你們還好小……，你媽媽一手抱你弟弟，一手牽著你，手上滿滿的，像剛從菜市場回來。」

「那爸爸都在做什麼呢？」柏翰問，希望弟這時候不要過來吵。

「你爸啊？」她搖搖頭，看著被風吹得嘎嘎搖晃的鐵皮屋，好像那就是他在她心中的模樣，「他這個人，認識他的時候，還沒有這鐵皮屋，現在他蓋起了一間，就當作事業，不求進取了。」

「鐵皮屋發出聲音很吵，是因為那時候爸爸從中拆下一片鐵皮，鋪在我們自己家的屋頂，不然下雨會漏水。」柏翰解釋道。

「那你知道你爸都在裡面做什麼嗎？」琇欣阿姨反問。

「工作啊……」

「呵，」她笑了一聲，「是啊，關起門來，什麼都不必面對了。」

說完，琇欣阿姨為了趕一隻蒼蠅，身子一陣竄動，卻不經意望見地上一堆瓜子殼：「你爸吃的？」

柏翰沒回答。

「你們都吃不飽了，他還那麼愛嗑瓜子。」

「每個人都有愛吃的東西啊……」柏翰支吾著，「而且，我們都有吃飯。」

「呵，你說得對。」她又冷哼了一聲：「你知道你爸以前最愛吃什麼嗎？」

「不知道。」其實柏翰並不想聽。

「都不愛吃，他最愛抽菸。」

「是喔……」

「就是因為吐出一堆二手煙，才會害你弟弟嘴巴變成這樣！」

「阿姨，妳不要這樣講我爸！」

柏翰再也受不了，拋下這句話，不看她的反應，拔腿跑得遠遠。

庭凱抬起頭，看到哥哥遠去的背影……

他噙著淚，還沒跑到大馬路，卻被一個聲音喚住：「柏翰！」

「微雅，妳怎麼會在這裡？」

「我要你幫我一個忙……」微雅從樹叢裡走出，刻意放低了聲音。

「什麼忙啊？不能太久喔，我們等一下要跟春惠老師去吃流水席……」

「好啦！不會很久。」微雅手握一個東西塞進他口袋，「幫我拿東西去給張振昌，他在電動間。」

「什麼東西啊？」柏翰正要掏。

「不要拿出來啦！」她怒斥，「還有，跟張振昌說，東西要藏好，我過幾天避完風頭再跟他拿……」

「妳為什麼不自己拿給他呢？」

「趕快去啦！」

經她一催，柏翰也不多想，就往電動間方向跑去，因為爸也快回來了。

微雅轉身，看到庭凱指著她叫：「急凍人！」

「小聲一點！——你爸在家嗎？」

「不在耶。」

「那借我躲一下……」

兩人走到屋前，微雅和琇欣四眼撞個正著。

琇欣有點錯愕：「庭凱，這是誰啊？」

「阿姨，她是急凍人……」

琇欣還沒反應過來，誤以為眼前這位阿姨是「春惠老師」的微雅，就已經笑眼打量起她了：「原來是妳啊！」

琇欣不安地整頓姿勢，只想立刻離開這裡。

「我……我認識妳嗎？妳誰啊？」

「我大地主啦！」

「大地主……？」

「聽說妳很機車喔！」

「欸！」琇欣猛然從矮凳暴跳起來：「妳哪家的小孩子啊！這麼沒教養！」

「那妳來教我啊！妳不是很會教嗎？妳先問問自己憑什麼管小孩吧！」

「妳——妳有毛病啊！我哪裡招惹妳了？」

她氣急敗壞走下廊階，絆了一下，屁股重重撞在地上：「痛死我啦……」

「妳最好是痛死啦！為民除害！」在校當慣老大的微雅，對任何人說出這些話一點都不難，「起來啊！不是很厲害嗎？怎麼爬不起來了！」她兩手叉在胸前，越罵越樂。

庭凱覺得微雅好可怕，不禁依到琇欣身邊。

「庭凱，你爸什麼時候回來！」琇欣很想站起來，卻發現自己扭傷腳了。

「還問人家爸爸咧！妳以為自己是女主人啊！以為柏翰跟庭凱喜歡妳啊？少臭美了！他們討厭死妳了！他們爸爸更討厭妳，整天嚷著要妳別來纏他！勸妳還是滾遠一點！」

「是柏翰！」琇欣斷然，「是柏翰這樣跟妳講的嗎！」

「他沒什麼好不敢跟我講，也沒什麼好怕妳的——我現在就是要告訴妳，他不只不怕妳！而且還恨死妳了……」

「妳……」動彈不得的琇欣終於忍無可忍，她憤怒地拽下高跟鞋，朝她丟去。

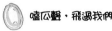

微雅敏捷閃開，怒目相視：「好啊！妳敢丟我……」

她左看右看，很快就決定彎身挖起一把濕土，抓握成球的形狀，高舉起來……

「等一下！」

被這麼大吼，微雅手一軟，泥土散落……

「妳在幹什麼啊妳！」慶吉走過來，語氣裡裝了滿滿的怒火，「妳哪裡不去！又跑來我們家撒野啊！」

「總算有人來了！還以為我活不過今天了……」琇欣這才放聲大哭。

易勝和春惠一旁目瞪口呆，對眼前的情景感到手足無措。

「是她先——」微雅支吾起來。

「她什麼她!?誰准妳過來的？不是說不歡迎妳嗎！」

「柏翰……」

「柏翰？——柏翰呢？」慶吉張望，朝庭凱問去。

一陣匆促的腳步聲這才噠噠跑近，就位，柏翰喘著氣，環顧四周的情景，他知道大事不妙了，「微雅……」他的目光，最後停在微雅身上。

「柏翰，你跑去哪裡！快出人命了你知不知道？」慶吉怒聲斥責。

「出什麼人命哪！徐慶吉，你少詛咒我！」琇欣波折地試圖爬起，易勝趕忙上前攙扶，「你不要以為我不知道你們一家有多討厭我，這個沒教養的小鬼都跟我說了，真是忘恩負義，枉費我們幫你那麼多——」

「琇欣……」

「你給我閉嘴！」琇欣打斷易勝的話，「以後不准跟他們一家來往，看你要朋友還是要我這個老婆！」

微雅驚訝得合不攏嘴，原來她搞錯人了。

接下來怒焰正熊熊燃燒的琇欣，噼哩啪啦對眾人持續掃射，說微雅是徐家派來對付她的小殺手，還說兩個大男人臨時消失根本是一場陰謀，而「有其父必有其子」是慶吉聽得最難受的一句。

眼看情況不妙，易勝趕忙將這一跛一跛的機關槍扶上發財車，逃離現場。

車開走後，週遭陷入一陣錯愕的平靜。慶吉筋疲力竭，誰都不想罵了。

柏翰怒瞪著微雅，他再生氣，也沒辦法做什麼了。

「原來……原來她不是柏翰說的春惠老師。」微雅斷斷續續把話說完。

此話一出，春惠與柏翰四目交會，空氣更加凝滯，彷彿結冰了。

地點雖然不是幼稚園，但春惠還是努力應對這樣的氣氛：「我才是春惠老師，有空可以來幼稚園找我聊聊。」

她不看微雅、不看慶吉跟柏翰，鬧劇沒上演幾分鐘，春惠也累了，她走向踞蹲地面，顯然對一切深感驚愕的庭凱，將他抱起：「庭凱，我們去裡面。」

進到屋內，她將庭凱放到椅子上。

「阿姨……」這是庭凱第一次叫她阿姨，而不是老師。

「庭凱，不要怕。」她眼睛裡面有淚水，「爸爸不是故意，哥哥也不是故意，大家都不是故意要吵架的。」

「我們不能去吃大餐了怎麼辦？」

她摸摸他瘦削的臉，心中更加不捨：「反正我們人變少了，就不用吃那麼多了啊，阿姨不是教過你數學嗎？七人減三人等於多少？……等於多少？庭凱。」

庭凱用力環抱她脖子，「阿姨，妳不要走……」庭凱看不到她的臉，春惠這才放心的讓眼淚掉下來。

淚眼朦朧中，她望見不遠處，那個她託庭凱交給哥哥的握筆器，靜靜躺在地上，焦黑是它死去的原因。

她閉上眼睛，將庭凱抱得更緊了。

15 嗑瓜子的聲音，飛過來

聽人家說，如果山上能見度突然變很好，那就是颱風快來了。

這個徵兆，適不適用家裡呢？

下午扯出一件大吵大鬧的災難，事後眾人一哄而散像被保齡球猛力撞飛，然後很怪，爸不罵他了……，或者該說，爸一句話都沒講，這下原本繃緊皮肉準備受打的柏翰反而不知如何是好。

他按著時間洗米、煮飯，甚至弄了一盤炒蛋和醃醬瓜，然後跟爸說：「爸，吃飯了。」爸沒回應他，反倒是瓜子喀喀叫著自廊階傳回，彷彿叫柏翰不要吵。

柏翰找了一個適當的角度，伸頭竊探，爸嗑完一顆，正在剝，不知是不是這一顆特別難纏，爸的手部動作停了好幾秒，像要替瓜子打個結似的……。看著他月光下的側臉，輪廓格外疲憊，柏翰第一次感覺到爸老了，儘管他明知爸還不到那個年紀。可是，如果以後爸吃瓜子的速度變慢了，柏翰就要頻頻停下做功課的手，等下一聲嗑瓜子的聲音，帶他重返這個家賴以存在的聲律——他發覺這聲音宛如屋子的心跳，要是消失了，連節拍器都取代不了。

弟弟正專注於遊戲簿裡的連連看，很多事情錯綜複雜，一件扣著一件，琇欣阿姨連接易勝叔叔，叔叔又連接爸爸……。兩條斜線交錯，剛好畫成一個大叉叉。

柏翰知道這次真的闖大禍了。

一會兒，嘈雜的人聲又回來了……

遠遠的，慶吉望見微雅、邱妙琳和她母親……還有一些叫不出名字的人，浩浩蕩蕩往這個方向走過來，這次更不一樣的是，開路的竟是一位警察。

「怎麼了？」慶吉起身，錯愕問道。

「徐先生，有人說今天這個女孩子來過這裡。」警察首先開口，像個隊長。

他看看微雅，她眼睛哭紅，被一個顯然是她媽媽的人緊抓手臂，慶吉心想，就算微雅今天口出惡言，也不需要動用這麼大的陣仗吧。

「這……」他不禁遲疑起來。

而柏翰聽到聲音，也跑來一探究竟。

「警察叔叔，就是他！」邱妙琳看到柏翰，指著他就大嚷起來，「他最近常常跟黃微雅在一起！一定是被他拿走的！」

「就是你……」她生氣的母親跟著怒眼掃向柏翰。

慶吉糊塗了，但是照微雅、柏翰的神情來看，他知道一定又惹了什麼麻煩。

「誰能告訴我這是怎麼回事嗎？」

慶吉說服人們擠入客廳，大家你一言我一語拼湊起真相，原來，下午的麻將局，微雅跑開後不一會兒，邱媽便發現自己脫在一旁的金錶不見了，眾人翻遍四處找不到，多方追問，有人說看到微雅往這邊跑……

「我為什麼不能來這邊！柏翰是我朋友啊！」她哽咽大叫。

這句話聽得大家瞪傻了眼。

至此，慶吉感到筋疲力竭：「柏翰，你老實說，你有沒有拿錶？」

「我……」

微雅眼睛直勾勾盯著柏翰。

「柏翰！」慶吉提高聲音，打散柏翰的遲疑：「做人要誠實，你告訴爸爸、告訴警察叔叔，你有沒有拿！」

「微雅是有給我一個錶，可是……」

「可是什麼？」

「可是我不知道那是不是邱媽媽的……」

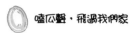

話一說完，眾人七嘴八舌下起了結論，臉孔也猙獰了起來。

慶吉緊托額頭，心情跌落谷底。

「那東西呢？」他提起頭，壓抑著情緒。

「我幫她拿去給別人了。」

「你怎麼會做這種事呢！」慶吉從椅子上暴跳起來，緊抓柏翰。

「徐先生，你先別生氣，讓小孩子好好把話說完。」

不是警察在這裡，可能就沒那麼好過了。然而，讓柏翰更憂心的是，今天過後，微雅可能再也不會理他了，「走開，你背叛我！」她一定會這麼說。

接下來，在大人厲聲逼供，微雅跟著也不得不攤出實情後，事態明朗，眾人終也嚷著要去找張振昌索錶，喧鬧聲蜂群般集體往屋外移動……

「妙琳，妳拿那個是什麼東西！」

「這本來就是我的啊！」邱妙琳回答媽媽，「我上次來這邊玩忘了帶回家的！」

她手中拉著那條長長、彷彿自己尾巴的橡皮繩。

「柏翰！別人的東西，為什麼不還給人家！」慶吉終於忍不住，將滿滿的怒氣灌注在這句話上。

「沒有啊……明明是她自己不帶回家的——」

「還狡辯!?你還要解釋什麼？爸跟你說過多少次了，小東西我們家又不是買不起，為什麼你一定要拿別人的！」

眾人責難的眼光隨著他的怒火投落在柏翰身上。看著微雅也不出來幫他說話，他眼眶慢慢濕了。

「好了，徐先生，我們很趕，要先走了……，那支金錶很貴的！」

邱媽草草丟下結語，眾人正要離開，柏翰突然大喊：「等一下！」

換成大家嚇一跳，停下腳步等他解釋何以叫那麼大聲。如果他解釋不出來，麻煩可就大了。

只見柏翰頭也不回往屋內跑，大夥面面相覷，表情像不耐問著：搞什麼啊？

沒幾秒後，柏翰跑出，塞了一個東西給邱妙琳：「這個也還妳！我不稀罕！」

「媽，是我們家的水龍頭耶！」

「唉喲，怎麼連這個都要偷啊！害我們找了好久……」

慶吉氣到聲音發抖：「柏翰……」

柏翰看看微雅，看看大家，眼淚流下的他，決定幫微雅擋另一條罪：「誰教上次妳不借水給我啊！又不是跟妳借錢，一點水也愛計較——住大房子沒什麼了不起！」

「我就是不借水給你，怎樣？不像你，家裡沒水，又愛哭！」

「好了，妙琳！」邱媽一聲喝止，「留給他爸管教，我們要走了，沒空跟他們吵！」

人群完全散去之前，悠悠傳入柏翰耳裡的最後一句話是，以後不要跟這種小孩在一起。

柏翰還沒來得及思索這種小孩指的是他還是微雅，勃然大怒的慶吉就大聲勒令他立刻進屋去站好。而後屋子裡發出的聲音，連黑夜都要被震醒。

當一切趨於平靜，客廳格外死寂，只剩夜燈了。

柏翰吸著鼻子，邊趕明天要交的作業，眼淚撲簌簌滴落作業簿，原子筆一寫，墨跡暈開，紙也破了。他委屈地以食指將開花的紙面捺平，破開的痕跡卻怎麼也消不去。

他哭著摸摸腿上紅熱腫起的幾條鞭痕，它們的由來歷歷在目。棍子在爸手裡高高舉起，先是咻咻劃過空氣，然後落在皮膚上啪一聲，紅紅的鞭痕就顯現出來了……

今晚的爸沒有鼾聲……，他睡了嗎？

那微雅睡了嗎？她惹了那麼嚴重的麻煩，會不會被打？

所有細微的聲音，都清晰起來，彷彿全世界醒著的，只剩他自己。

聽著時遠時近的嗡嗡蚊子聲，柏翰想起小時候踞坐廊階，聽爸爸講的一個笑話：「如果一掌沒有打到蚊子，它就會結伴飛回來報仇，家裡蚊子才會越來越多，所以還不是很會打蚊子，那就不能打喔！」

一度信以為真的柏翰，為著這個笑話，身上白白腫出好多小包包。反觀現在身上的紅腫的鞭痕，可就不是區區小蚊子就可以搞定的……

柏翰想起往返於爸爸嘴裡的喀喀作響，那些此時此刻休戰中的瓜子，正是一切的共謀。「喀！喀！」爸嗑開它們的翅膀，一隻隻的瓜子，搧著翅膀飛來，不懷好意棲停柏翰身上，重重咬了他一口、一口、又一口……

……嗑瓜子的聲音，紛紛飛過來，像條毯子，覆蓋全身。

「你真是不要臉，連個水龍頭都要偷！」

不要臉，爸爸說的；嗑開一顆瓜子，水滴形狀的果仁，從瓜殼上拿下來，瓜子的臉，就不見了。這一定就是人們口中「瓜子臉」和「不要臉」的由來。

「哥哥，你在寫作業啊？」

庭凱突然出現，朝他走來。

「爸爸要給你的。」他放了一瓶面速力達姆在桌上。

「你去睡啦！」柏翰趕忙擦擦眼淚。

「我睡不著。」

「你騙人。」

弟弟沒有回答他，顧自打開書包：「我要整理明天上學的東西。」

柏翰看著他將書包內東西一件件拿出來，心想如果自己不要大弟弟那麼多歲，那就好了。

「給你用！」庭凱遞了一枝鉛筆給他。

「春惠老師給你的啊？」那枝筆，又尖又漂亮。

「對啊！是用削鉛筆機削的，我們學校有一台。哥哥，你有看過嗎？只要一直轉，鉛筆就會變尖了。」

柏翰看著鉛筆，不知該說什麼。他不知道，假如自己上面也有一個哥哥，是不是就可以比較容易受到爸爸的疼惜和原諒。

弟弟的手突然入侵柏翰鉛筆盒，拿走一支小刀。

「你要做什麼？」柏翰回過神。

「哥哥，你不喜歡春惠老師削的鉛筆，那我幫你削好了。」

說著，他握起小刀，認真將鉛筆重新削過，像個小小木雕師。

木屑片片捲起、掉落，弟弟刀下專注的聲律，掩蓋了夜裡所有的聲音。

嗑瓜聲入眠，腿也沒那麼痛了。

16 瓜子的秘密

隔天下午，易勝叔叔來了匆促的一趟，臉上滿是抱歉的表情。兄弟倆都知道，短時間內，看不到易勝叔叔了。都還來不及跟彈珠台和套圈圈說再見……

叔叔和爸爸合力把鐵皮屋內的機具全部上車綁牢。爸爸強顏歡笑，跟叔叔說了好多對不起，叔叔最耍寶的一句回應是：「等我把我家那個虎姑婆搞定，我們再一起去海邊當救生員！」柏翰知道這是假的，附近根本沒有海。但他以前看過一張照片，是爸爸和叔叔年輕時候在沙灘拍的，這一定就是救生員說法的由來。

只要有琇欣阿姨在，以後也很難一起去海邊了。

都是自己的錯！柏翰感到自責。

「柏翰……」在發財車開遠，大家都以為易勝叔叔已走遠之後，後面窗戶，突然有人低聲叫住柏翰。

柏翰走過去，開了後門，看到叔叔站在一堆草叢裡，他也放低聲音緊張起來：「叔叔，你怎麼在這裡？」

「拿去，」易勝叔叔塞了兩張千元鈔票在他手上，「不要告訴爸爸。」

「這……」柏翰猶豫著。

「給你和弟弟買糖果吃。」

「可是我們吃不下那麼多。」

「傻瓜……」叔叔笑了，摸摸他的頭，「你們可以存起來啊！」

柏翰點點頭，看看錢，看看叔叔微笑離去。叔叔有自己的家庭，更有家人的感受要顧，以後就不能幫爸爸、幫他們家了。可是，他知道，叔叔不但是爸最好的朋友，而且也把他和弟弟當做自己兒子看待。

柏翰往前庭看去，視線穿越前門，看到爸蹲在空蕩的鐵皮屋門前，一籌莫展。他和爸之間，隔了好幾道門。那個以往兄弟倆的禁地，現在大大開著，好像裡面的寶，一個都沒留住。

直到晚上，爸爸都沒離開鐵皮屋。

在柏翰逼迫下，庭凱好不容易將一整碗白飯吃完。吃完後他站在門邊，看著鐵皮屋裡亮著橘黃夜燈，爸爸的人影窗內隱隱晃動，嗑瓜子的聲音悶在鐵皮屋裡，顯得微弱。

庭凱轉頭看哥哥正在洗碗，沒有人可以陪他說話，於是鼓起勇氣，走向爸爸一向不許他靠近的鐵皮屋。嗑瓜的聲音，越來越大……

「爸爸。」他推開門。

「嗯。」

「你在幹嘛？」

「爸爸在吃瓜子啊！——過來。」

庭凱爬到爸爸腿上，環視鐵皮屋內零亂的雜物，看起來再也不會發出那種很大的喀喀聲音了。

很想問易勝叔叔去哪裡，可是庭凱知道，爸爸聽了會很難過，所以他改問別的問題：「爸爸，你是不是跟春惠老師吵架了？」

「她這樣跟你說嗎？」

「沒有啊。」庭凱搖搖頭，「今天黃志彬問老師說，我的嘴巴怎麼會長這樣子。」

「那老師有沒有罵他？」

「有啊，可是我看老師這麼凶，我就說，下次玩遊戲，我可以演兔子。」

「然後呢？」

「然後黃志彬問我說，我怎麼沒有兔耳朵。」

「那你回答他什麼？」

「我答不出來。可是，春惠老師告訴他，哆啦A夢也沒有貓耳朵啊！」

爸爸笑：「然後呢？」

「大家都笑了。」

爸爸手停了，抱著他，不再嗑瓜子。

庭凱抓住這個機會，再問爸爸：「爸爸，我想問你一個問題。」

「嗯。」

「為什麼你那麼愛吃瓜子啊？」

爸爸沒回答，只是嘆了一口氣。

庭凱以為爸爸不會說出愛吃瓜子的秘密，可是爸爸忽然又開口了：

「有時候，爸爸會想抽菸啊。」

「為什麼要抽菸啊？」

「心情不好的時候，爸爸就會想抽，多嗑一些瓜子，就不會想抽了。」

「爸爸，你可以抽啊！」

「傻瓜，煙味對身體不好，爸爸不能讓你聞到一點點煙味啊。」

「沒關係啊，我聞到也不會怎麼樣啊！」

慶吉看看說出這句話的庭凱，看看他的嘴巴，心裡一揪，感到心疼。

淚水慢慢淹沒眼眶……，他緊緊把庭凱抱住，再也不忍鬆開。

後來，聽說微雅家人感到很丟臉，準備搬家，當然，到時候她也會轉學。

沒人會准柏翰去跟她道別。就算見到她，柏翰也不知該說什麼。

隨著心情變壞，這幾天，天空的雲霞也越來越紅了。老師說，這是颱風前兆，

柏翰不相信老師有那麼厲害，一定是從新聞氣象聽來的！

他也不再喜歡打球，不再喜歡跟同學玩了。下課時常常一人獨坐鞦韆，仰望天空，好奇著世界有多大，爸從來不敢保證以後要帶他們去哪裡……，迪士尼樂園是什麼模樣？到海洋公園看表演，又要花多少錢呢？兩千塊夠嗎？會不會去了就沒辦法回來了……

這疑惑還沒想出一個結果，放學時候，爸和弟就出現在學校門口，說要載他回家。

柏翰爬上車，沿途一句話都沒有說，爸沒問，他也不必答，這是習以為常的和平氣氛。他看著沿途的景色，樹不再長高，也不知道有沒有變老。好多路都刨空，準備重鋪柏油，顛顛盪盪的，柏翰想，這輪不到他家前面的路，他家是一個被世界遺忘的地方，沒有人會想去重鋪那邊的路，只因很少人會經過那邊……杰定叔叔送信除外，那是他們與外界唯一溝通的方式。

他突然很不想回到那個空蕩的家，鐵皮屋空了，爸也沒了工作，所有東西慢慢變少，他好希望自己可以快快長大，用身高把那些多出來的空間填補起來。

吃完飯正要洗碗，柏翰忽然看到茶几上有張紙，好奇一探究竟，發現那是張低收入家庭就學補助申請表，他感到有點吃驚，本能將紙朝下反蓋，不想讓爸知道他看到了這張表格，就在同時，鐵皮屋傳來了交談聲，他喜出望外，以為易勝叔叔來了。飛奔到鐵皮屋門邊，原來是杰定叔叔。

「不用了，杰定，你真的想太多了。」慶吉拒絕了杰定的提議，側身瞥見柏翰躲在不遠處偷聽，於是順手將門關上，很擔心柏翰聽到。

「我不是為你，我是為兩個孩子著想，氣象說這次颱風是近年來最大的一次，我得知以後第一個想到你們家……」

「我們不是住得好好的嗎？你什麼時候看孩子們飛起來了？」

「慶吉，你不要固執了。」杰定憂心忡忡，「到我那邊避一下，颱風過後，我再幫你一起整修房子。」

慶吉思索著他的話，抓拳的手很想把所有煩惱一次握碎。

「柏翰的事，我都聽人家講了——我一點都不覺得他應該受你責罰！」杰定繼續說，「這兩個孩子，是我見過最乖、最懂事的，如果不好好保護他們，該認錯反省的是你自己！」

慶吉視線揚起，很久沒人這樣對他說過重話了。

杰定無心與他對峙，稍稍緩和了語氣：「不要擔心沒有位子睡，反正颱風天冷，擠一擠剛好取暖。」

他這句話終於將慶吉的顧慮揮去，他妥協地點點頭：「也好，破房子留給颱風清掃一遍。」

杰定笑：「我叫孩子去帶書包！」說完，正跨步要走，慶吉伸手攔住他。

「杰定，你打電話回家了嗎？」

「什麼？」對於這忽來的提問，他感到措手不及。

「你不像我們一樣住一起，爸媽遠在別處，總要給他們知道一下你很平安。」

杰定看著慶吉慈和的面目，與第一次聽到他粗聲粗氣，邊工作邊罵小孩的形象大相逕庭。杰定想起好多年前，自己的父親在窯房對著他怒聲斥責：「為什麼笨手笨腳將窯瓶打破!?為什麼不好好學！」，那種高溫壓力下的情緒折磨，是他永遠不願再經歷一次的……

一陣強風吹來，重擊鐵皮屋。

杰定回過神，抓住慶吉的手：「我們快點離開吧！」

兩個小孩匆匆抓了書包，各上一台車，在他們逃亡般駛離沒多久，閃電先是劃過天際，響亮一聲雷隨之追趕而來……

17 鐵皮屋的最後一天

杰定匆忙將摩托車停在雜貨店前，賴老闆正要關門。

「給我們買一下蠟燭和泡麵！」

賴老闆伸頭看了一下外面的徐家父子，低聲說：「要付錢喔。」

杰定懶得回答他。

風勢越來越大了，看來這個強颱來頭不小，慶吉看看兩個孩子，再轉頭回望家的方向，決定把庭凱抱下車。

「爸爸，為什麼要下來啊？」

「你去坐杰定叔叔的車。」

說完，他視線與柏翰撞在一塊，又習慣性彈開來。

這時杰定也抱著一大袋食物出來了：「夠吃一個禮拜的……」

「杰定，兩個孩子你先載過去，我回家拿點東西。」

「慶吉，你……」杰定感到不解。

「好好看住庭凱，不然我可不饒你……」他哥兒們似的捶了杰定手臂一拳，再先後把兩個小孩抱上車放好，柏翰滿臉錯愕，因為他好久沒被爸爸抱起來過了。

「還有老大柏翰，你也要好好看住他，這小子愛亂跑，你家門一定要關好。」

慶吉將柏翰頭髮摸亂，然後皺皺鼻子給了他一個鬼臉。那是一個柏翰很小的時候才看過的表情。

風越來越大，杰定沒得猶豫，只能照做了，他加快車速往家的方向狂飆；看著他們身影隱沒於路的盡頭後，慶吉則用相同的速度朝另一個方向駛去，沿途，他腦裡都是柏翰頻頻回望的臉……

鐵皮屋被粗麻繩捆了一圈，牢牢和芭樂樹綁在一塊，齊力抵拒著狂風的煽惑。

這晚，慶吉守著隆隆作響的窗戶，擔心著屋外鐵皮屋的存亡。風雨交加，屋裡所有聲音都不一樣了，彷彿要震裂開來，此刻，兩個兒子不在身邊，他反而心安。

只是，鋪天蓋地而來的雷雨，又毫不客氣反覆敲擊著他的神經中樞。慶吉握著膠帶，迅速翻找腦裡的記憶，試著把屋子所有易受強風侵襲的地方封牢……，屋子並不大，卻彷彿永遠保護不完。

突然，他停了，隱隱聽見鐵皮屋裡電話響起……，是杰定打來的嗎？柏翰與庭凱還好嗎？不一會兒，那片擋雨用的鐵皮蓋隨風而去，不再拍打屋頂，雨，也趁隙淅瀝淅瀝往屋內落下，「該死！」他快速找來鐵盆，盛接那由天而降的瀑布，無奈，屋內還是慢慢淹起水來……

孤軍奮戰的慶吉，步步後退，身上也溼透了，他開始覺得好無助，卻無路可退。隨著「隆！」一聲雷，燈光嘎然熄滅，暗夜蓋了下來，黑暗中，春惠的臉霎時浮現在他眼前。慶吉好恨，好恨自己沒有及時抓住生命中珍貴的事物，以致一切隨風隨雨飄走，如果他連一個家都保護不了，他真不知道，自己還能奉獻些什麼，來讓孩子們心服口服地喊他一聲爸爸。

然後他聽到鐵皮屋隨狂風拆解的巨響，他豪不猶豫，打開大門，強風呼呼灌入屋內，風雨吹得他睜不開眼……水珠也毫不客氣打落眼睫，極度不良的視線裡，慶吉咬緊牙根，跨出門檻，奮力往鐵皮屋方向邁去……

蠟燭孤單豎立，挑起屋內唯一的光源，倦得滴下淚來。

外頭雷雨大作，柏翰撈起一口麵，吹了吹，要弟弟吃。

庭凱唏哩呼嚕哭著，搖搖頭，抽咽都來不及：「爸……我要爸爸……」

柏翰束手無策的看看杰定叔叔，他正對著窗外發愁，哪裡都去不了，為著一個承諾，那心事重重的表情，滿佈大人世界的責任與重負，彷彿一層又一層思索著解決之道。柏翰將注意力回到麵上，心中再怎麼掛念爸爸，也不能慌了手腳，他故意張大嘴巴：「那我吃囉！」

庭凱看了，哭更大聲了。

柏翰無奈地擱下碗筷，一籌莫展，想起自己才十歲，什麼都做不了，那也是大人們對他的看法。很多時候，他想對這些偏見提出抗議，卻使不上力，畢竟，他不像爸爸一樣，多年來無條件撐起一個沒有媽媽的家，在這狂風暴雨的夜裡，甚至堅守屋子，只為讓他和弟弟有家可歸……

抬頭再看窗邊，杰定叔叔竟然失蹤了！

「杰定叔叔！」柏翰緊張站起，左張右望，「杰定叔叔……」

庭凱也緊張起來，忘記要哭了。

「在這裡呢！」杰定自黑暗中出現，坐下，將一個小巧的窯瓶放在桌上，「這是結晶釉，漂不漂亮？」

「叔叔，你做的嗎？」柏翰問。

「不是，是叔叔的爸爸做的……」也就是那個一直嫌他笨的師父，杰定還說，這種結晶釉，對溫度十分敏感，要守上一整夜，讓溫度保持在1250度到1280度範圍內，才能夠做成功，差個三度五度都不行，晶核形成時如果溫度過高，晶核就會消失，反之溫度不足就無法生成，一點誤差都將無法燒出最好的作品：「最後那一個晚上，非常重要，比你們所想像的任何事情都還重要，窯洞溫度非常高，不小心還可能造成危險，可是，為了有漂亮的瓶子可以賣、為了家，叔叔的爸爸，不論如何，都要一整晚守著窯洞，一點都不能輕忽……」

柏翰、庭凱眼眶噙滿了淚。

「叔叔，那你爸爸什麼時候才可以出來？」庭凱哽咽著說。

「所有完成這個任務的爸爸，最後都會很疲累，畢竟是不吃不睡，熬過漫長的一夜，才能保有這麼美好的成果，所以，颱風過後，你們的家還會在，只不過地上會滿是斷枝落葉，那都是爸爸和颱風搏鬥的痕跡，到時候，你們除了要幫忙清掃整理之外，以後也一定要好好孝順爸爸，不要再惹他生氣，嗯？」

庭凱點點頭，用力投入杰定懷裡。這也是柏翰很需要的一個擁抱。還好，叔叔身子夠大，一次不會被佔滿，他左邊臂彎朝柏翰圈過來，三人緊摟的影子映在牆上，像座山。

「柏翰，爸爸也很愛你的。」然後他聽到杰定叔叔篤定地這麼說。

狂嘯了一整夜，颱風也累了。

早晨風勢稍稍收歇，街道冷涼，處處是花草樹木殘屍，轉角那棵據說樹齡達百的榕樹，橫倒路中央，嚇壞了路過的人。而才發過一頓脾氣的颱風，顯然埋伏暗處，卡著痰的殘喘氣息，颼颼刮著空氣，有如示威，聽得路人甚是膽寒。

摩托車駛到這裡，被樹攔了下來。

「下車吧！」柏翰搶先跳下車，隨後將庭凱抱下，「我們跑過去！」

柏翰搶先跨過了樹，待杰定將車停妥，也抱起庭凱雙雙越過路障，三人一點時間都不想浪費。

一到家門前，鐵皮屋竟不見蹤影，顯然已遭吹倒，撞落山坡，被不可思議力量衝斷的鐵絲網，見證了那可怕的一幕，餘悸猶存的隨風顫動著。

「爸……」他們驚訝得說不出話來。

這時，屋內傳出一個聲音焦急地呼叫著：「柏翰！庭凱……慶吉……」那是春惠老師的聲音。

兩兄弟趕忙衝進屋內，發現她焦頭爛額有如無頭蒼蠅。

「柏翰，庭凱，我好擔心你們！」春惠喜出望外，眼眶湧入得救的淚水。

「爸爸呢？」

「他？……沒跟你們一起嗎？」

「他送我們去杰定叔叔家住，自己留在這裡顧房子！」

眼看大事不妙，大夥屋內屋外跑動，搜尋呼喚著那個對他們來說至為重要的一個人，「爸！」「爸爸……」「慶吉——」那呼喚他的各種聲音，毫無疑問印證出慶吉的多種重要性，彷彿整個家被龍捲風捲走也沒關係，只要他平平安安就好。

撲通一聲，庭凱絆到石塊，跌濺泥坑，哭了起來：「春惠阿姨……」

春惠上前緊緊將他抱住，聲音也哽咽了：「庭凱，不要哭。」

「爸爸在哪裡！是不是跟著房子一起掉下去了……」

「不要怕，有阿姨在，哥哥也在……」

「不要，我要爸爸，我要爸爸回來！」

柏翰擦著撲簌簌的眼淚，望著他倆，一點都不知道該怎麼辦。

顯然天空也看著他們。庭凱一哭，雨就嘩啦嘩啦落了下來，一場大雨，迅速包圍他們全部，也不求回報地清洗著他們臉上無助的淚水。

眼眶、樹上、地上、屋簷，到處都是水。連啪啦啪啦的奇怪打水聲，也突然從巨型管柱裡傳出……，緊接是一陣咳嗽，這當然不會是管柱感冒了，「是爸！」柏翰大喊，他聽過爸邊工作邊咳出這個聲音，他認得！

眾人趕忙往那個方向移動——

果然，慶吉吃力地爬出管道，第一眼就看到庭凱。

「庭凱！」再無力也阻擋不住喊出這名字的力量了……

「爸爸！」庭凱喜出望外，衝向爸爸用力抱緊，「爸爸，我以為你不要我了。」

慶吉眼淚迸出眼眶：「爸爸怎麼會不要你！爸爸還要存錢帶你去做手術，爸爸對不起你，沒有給你媽媽，還害你變成這樣！不管怎樣，爸爸都會想辦法帶你去！」他呼嚕呼嚕說出一串話，好怕以後沒機會說。

「爸……」庭凱聽不懂，只認得爸爸的臂彎。

春惠緊摀嘴巴，把哭悶住。她裙子吸滿沉重泥水，心卻欣慰得快要飛了起來。

而柏翰的願望成真了，是他昨晚偷偷許下的！只要爸平安，就算他永遠比較疼庭凱也沒關係，真的，只要爸爸平安……。柏翰總算實現了一個願望。

也是最重要的那一個。

他低頭望向那隻將他緊握的手，出自春惠老師，雖然冰冷，但是，這樣緊緊相握、互相取暖，很快就會變熱了，柏翰深信。

雨水沒有停歇，打掃員般嘩啦嘩啦沖刷著他們快樂的淚。

杰定抬高頭，朝此時遠處擴音器斷斷續續傳來的廣播聲方向望去……

這個世界沒有遺落任何人，一個都沒有。

18 滿滿的笑容

柏翰提著一袋飲料回到家，看到杰定叔叔還踩在鋁梯上弄屋頂，姿勢換都沒換，本有股衝動想上前嚇他玩，但臨時打消念頭，因為他想到一個問題要問。

「杰定叔叔，你前幾天不在，都跑去哪裡了？」

「叔叔回家看家人了啊！」他下梯，接過柏翰遞上的珍珠奶茶。

「真的喔！那窯房還在不在啊？」

杰定笑笑，低頭：「都被蜘蛛包圍了，改天請你和弟弟去幫忙打掃！」

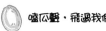

「好啊好啊！我好想看窯房是什麼樣子喔！」

「叔叔也很想念窯房以前的樣子啊！」他看向遠方，「希望一切可以變得跟以前一樣。」

「一定可以的啦！況且，你幫我們整修房子，爸爸都一直說不知該怎麼感謝你啊！」

杰定心想，應該是他謝謝他們一家人才對。

「拿飲料去給爸爸和弟弟喝啊！他們在後面。」

「嗯！」柏翰重重點頭，起身繞過甫被颱風「收割」過的屋側，大人稍加收拾，竟拓出一條通道來，原來，人類和颱風雖不能和平共處，卻可以合作無間。

爸爸和弟弟的交談聲傳來，他們正要砌當初講好兩格的階梯，好讓後院範圍以後可以活動，只不過，在爸爸教會弟弟如何調製水泥之前，恐怕還不會開工。

看著爸臉上起勁而喜悅的神情，柏翰又不想打斷他們了。他順手將兩杯飲料擱放一旁，走前打了磚壁一下。

繞到屋前，叔叔又在梯子上忙，沒人聊天了，柏翰執起掃把東掃西掃，不經意看到地上一株說不出名字的植物，忽然想起弟說過的那句：「我種的瓜子發芽了耶！」柏翰不覺揚起了笑容。

柏翰最後一次聽人家提起微雅，是雜貨店遇到張振昌那一掛人，張振昌分了一塊豬肉乾給柏翰，抱怨被害得很慘，還說她已經轉學了，他嘴裡發出很吵的咀嚼聲，直喚「黃微雅」，沒再叫她大姊頭，大概是不怕她回來治他吧。

柏翰笑笑，沒再追問微雅有沒有背後罵他叛徒或什麼，雖然心裡還是有點想知道，但是，也許答案現在還不適合出現。等到他升國一，張振昌也國三了，如果到時候他還想知道，再問也不遲。

默默將豬肉乾吃完，柏翰舔乾淨手指才走開，也不管賴老闆用什麼異樣眼光看他跟什麼人在一起了，經過這些事，柏翰已經學會怎麼大聲替自己講話。

況且，爸爸最近越來越少嗑瓜子，以後就不用常看到賴老闆了。

看天空，天氣正好慢慢放晴，柏翰佇立路上許久，突然捨不得離開陽光，一時又不知該往哪裡去，於是走去了幼稚園，看弟弟下禮拜表演準備得怎麼樣了。

一進幼稚園，他就瞧見傳說中的貢丸園長在空地上帶動小朋友們跳舞，那風琴伴奏聲悠悠從教室裡面傳來。

柏翰躲在一旁看著這一切，想起自己小時候的情景。

不管自己是否擁有過這一切，他都很高興，現在弟弟有了這些。

舞步告一段落，琴聲也停了。

「好，現在大家蹲下來……，手抱住頭，學地鼠……」

柏翰往不再發出琴聲的教室走去，探門望了望。

他看到春惠老師，正面對牆上一塊小方鏡，細心塗著口紅，臉上是滿足的微笑。那是等會兒一起晚餐，為大家預先準備好的笑容。也是個想著爸爸的笑容。

「柏翰……」鏡中人與柏翰四目相接，手猛然停了。

「來看弟弟。」柏翰笑。

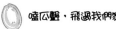

春惠老師轉過身，匆匆收起口紅。

「音樂很好聽啊！」柏翰走進小小教室，覺得自己變好高。

「這風琴音栓有點問題，不知道到時候會不會開天窗……」她尷尬笑笑。

「不能彈，大家幫忙唱就好啦！我和爸爸都會在台下。」他眼睛澄澈，想多說些話讓老師知道，他真的很高興大家能聚在一起：「到時候，老師一定也跟現在一樣漂亮……」

話一說完，柏翰看到春惠老師眼裡泛出了淚，自己趕忙看別處。

剛好，外面貢丸園長也喊進來了：「換下一首了！春惠！」

老師匆匆坐定，笑問：「一起彈？」

柏翰只愣了一秒不到，就大方坐下了。當然，他不會彈，只能幫忙踩踏板。他左，老師右，一左一右，激起滿滿的音符，像合力划著一條船。

嗯，合力，一定是的，有一股力量，要把他們四個人，全部連起來，就像弟弟遊戲簿上滿滿的小點，有時候全部連起，會出現一隻小熊，有時候是一朵小花，可惜他們只有四個點，連起來不會有什麼大東西，頂多是一張方形的餐桌。

雖然不是什麼偉大的形狀，卻是完完整整而心滿意足的。

今後，很多事情，都會變得不一樣。

天亮，柏翰作了一個美好的夢，微笑醒來。

很想賴床，但還是勉力起身，輕輕爬下床不把爸爸弟弟吵醒，再用力刷牙漱口以將睡神趕跑。

簡單熬了一鍋粥，看著熱氣蒸騰，柏翰的心一直牽掛著爸爸今天要去應徵新工作，該讓爸多睡會兒養飽精神，還是將他喚醒以免睡過頭呢？

還沒做好決定，上學時間就快到了，柏翰抓起書包，丟下心中的疑慮，往外跑去，屋內轉瞬趨於平靜。

可是，不一會兒，腳步聲又噠噠傳了回來。

柏翰站定門口，不放心地朝房門方向探去，嚷道：「果然！」

他躡手躡腳過去將床下那雙皮鞋的鞋帶重新綁好，昨晚弟弟發明了「蜘蛛攻擊」遊戲，將鞋帶亂綁一通，柏翰可不希望爸為這而耽誤正事。

他蹲在床下收拾殘局，弄到一半，爸翻個身，起床了，一雙大腳，踏立他眼前，降落得如此宏偉，宛如巨人。

「在幹嘛？」爸坐於床沿，揉揉眼睛，聲音聽起來有點含糊。

「沒有啊，正要上學。」他匆匆起身，高過爸爸。

「喔，吃了沒？」爸站直身子，換成他比柏翰高了。

「吃了啊，有煮稀飯。」

「嗯。」

爸本能將手擱上柏翰書包，輕按著他來到客廳，猶如多年前送柏翰第一次進教室的情景。柏翰偷偷懷念著這個感覺。

「昨天去夜市好不好玩？」爸攪拌了鍋子幾下。

「好玩啊，杰定叔叔有帶我們去玩水球。」

「嗯。」爸盛滿一碗，若有所思，又問：「有看到易勝叔叔嗎？」

「有啊，水球就是易勝叔叔的攤位啊……」

爸傻了一下，才笑了：「叔叔改擺水球了啊？」

「嗯。」

「那你們拿水球打叔叔的臉嗎？」

「不是啦，是用飛鏢射。」

「射叔叔喔？哈哈……」

「射水球啦！」

雖然回答得很大聲，但是柏翰很高興，難得早上看到爸爸的笑容。

「那有得到什麼獎品嗎？」

「有啊，我射中三顆，得到一盒蠟筆。」

「嗯。」爸吃了一口，又不說話了。

柏翰知道，一定是那張綠嘴巴的美術畫紙，又飄到了他們眼前。

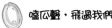

「爸。」

「嗯？」

「我不是故意要把我們的嘴巴都畫成綠色的。」

爸聽完，並沒有回答，只是一直看著柏翰，從臉、制服，到腿。

「以後要乖一點，要不然，爸爸打長大的小孩，也會很累的。」

「嗯。」柏翰點點頭，眼睛裡有淚。

爸放下碗，繞到柏翰身邊，摸摸他的頭：「被爸打痛不痛？」

柏翰點頭，眼淚掉下來。

「爸爸心裡也不好過。」

「嗯。」擦擦眼淚，柏翰擠出一個微笑。

爸也笑了，拎拎他臉頰，叫他快去上學別遲到了，不是很會安慰人。

柏翰離開前，回頭看了爸一眼。上次颱風，他永遠記得車子駛離後，爸的臉越來越遠，直到消失在路的盡頭，他當時好怕那是最後一眼。

可是今天早上他好高興，因為要甩掉這麼一個爸爸，沒那麼容易。爸越來越不愛嗑瓜子，柏翰也不知不覺習慣了嗑瓜聲逐漸消失的生活，這代表，屬於屋子的心跳，已脫離那喀喀作響的聲律，從他們一家人的內心深處建立起來，雖然沒機會拍一張全家將瓜子湊近嘴邊齊聲一嗑的照片，但是，瓜子還是會重現江湖的！因為，哪天易勝叔叔來訪，爸聊起天來，瓜癮一定止不住！

想到這裡，柏翰露出了滿滿的笑容；而沙沙作響的樹葉，正像成熟的瓜子，從天邊漫漫撒落下來。

Do青春02　PG1030

嗑瓜聲，飛過我們家

作　　者／保溫冰
責任編輯／廖妘甄
圖文排版／張慧雯
封面設計／王嵩賀、陳怡捷

出版策劃／獨立作家
發 行 人／宋政坤
法律顧問／毛國樑　律師
製作發行／秀威資訊科技股份有限公司
地址：114 台北市內湖區瑞光路76巷65號1樓
電話：+886-2-2796-3638　傳真：+886-2-2796-1377
服務信箱：service@showwe.com.tw
展售門市／國家書店【松江門市】
地址：104 台北市中山區松江路209號1樓
電話：+886-2-2518-0207　傳真：+886-2-2518-0778
網路訂購／秀威網路書店：https://store.showwe.tw
國家網路書店：https://www.govbooks.com.tw

出版日期／2014年1月　BOD一版　**定價**／250元

獨立作家
Independent Author
寫自己的故事，唱自己的歌

嗑瓜聲, 飛過我們家 / 保溫冰著. -- 一版. -- 臺北市 : 獨立作家, 2014.01
面；　公分
ISBN 978-986-89761-1-5 (平裝)

859.6　　102014306

國家圖書館出版品預行編目

讀者回函卡

感謝您購買本書，為提升服務品質，請填妥以下資料，將讀者回函卡直接寄回或傳真本公司，收到您的寶貴意見後，我們會收藏記錄及檢討，謝謝！如您需要了解本公司最新出版書目、購書優惠或企劃活動，歡迎您上網查詢或下載相關資料：http:// www.showwe.com.tw

您購買的書名：________________________________

出生日期：________年________月________日

學歷：□高中（含）以下　□大專　□研究所（含）以上

職業：□製造業　□金融業　□資訊業　□軍警　□傳播業　□自由業

□服務業　□公務員　□教職　□學生　□家管　□其它_____

購書地點：□網路書店　□實體書店　□書展　□郵購　□贈閱　□其他

您從何得知本書的消息？

□網路書店　□實體書店　□網路搜尋　□電子報　□書訊　□雜誌

□傳播媒體　□親友推薦　□網站推薦　□部落格　□其他__________

您對本書的評價：（請填代號　1.非常滿意　2.滿意　3.尚可　4.再改進）

封面設計____　版面編排____　內容____　文／譯筆____　價格____

讀完書後您覺得：

□很有收穫　□有收穫　□收穫不多　□沒收穫

對我們的建議：________________________________

____

____

____

請貼
郵票

11466
台北市內湖區瑞光路 76 巷 65 號 1 樓
獨立作家讀者服務部 收

（請沿線對折寄回，謝謝！）

姓　　名：＿＿＿＿＿＿＿＿　年齡：＿＿＿＿　性別：□女　□男

郵遞區號：□□□□□

地　　址：＿＿＿＿＿＿＿＿＿＿＿＿＿＿＿＿＿＿＿

聯絡電話：(日) ＿＿＿＿＿＿＿＿＿ (夜) ＿＿＿＿＿＿＿＿＿

E-mail：＿＿＿＿＿＿＿＿＿＿＿＿＿＿＿＿＿＿＿